21世紀の若者たちへ／3

# 戦争は文学にどう描かれてきたか

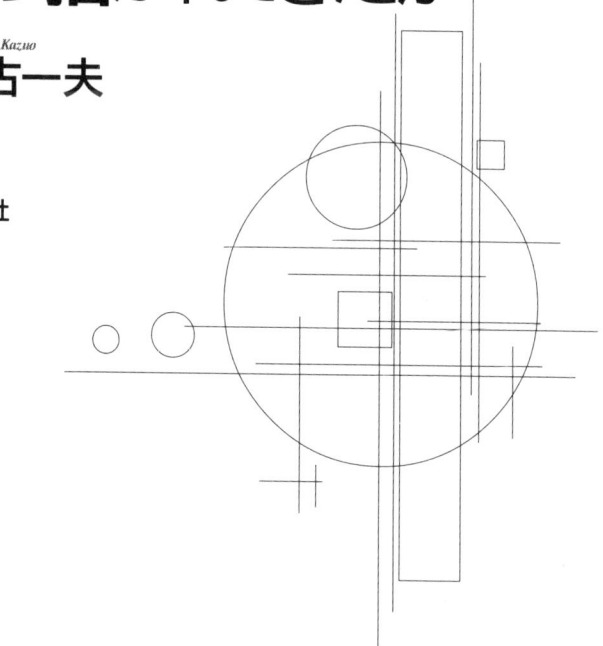

KUROKO Kazuo
黒古一夫

八朔社

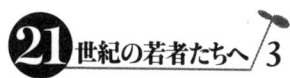

# 目次

目　次

# 序　新たな「戦争」の時代へ

アジア太平洋戦争の敗北から六十年、自衛隊のイラク派遣や憲法改正論議が象徴するように、いよいよ「平和の国・日本」も「戦争」と無関係ではなくなってきた。なぜなら、自衛隊のイラク派遣は、「戦争の放棄」を内外に宣言した「日本国憲法・第九条」の思想を根底から否定し、「自衛のための軍隊」であった自衛隊がその制約を越えて名実共に「軍隊」として国際紛争の場に登場したからである。これがかつての日清戦争からアジア太平洋戦争へと至る「また再びの道」であることは、拉致問題や「核疑惑」をめぐる「北朝鮮＝朝鮮民主主義人民共和国」に対する最近の政治指導者やマスコミ・ジャーナリズムの対応、あるいはそれに同調する人々の「ナショナリズム」への急激な傾斜、あるいはスポーツ場面などに顕著な「歴史的事実＝戦争時における役割」を忘れた「君が代・日の丸」意識・感覚などを考えると、火を見るより明らかであると言わねばならない。

この戦後史を画するような「大転換」について、私たちはどう考え、どう対処すべきなのか。これまでよく「二十世紀は戦争の世紀」と言われてきたが、二十一世紀に入って何年か経つ現在でも「戦争」は、依然として世界が解決しなければならない「大問題」として存在する。

ノーベル文学賞を受賞した大江健三郎は、一九九〇年に刊行した『治療塔』（岩波書店刊）という近未来SF作品で、二十一世紀の半ばには大規模な世界大戦の代わりに各地で核兵器を使った局地戦が行われ、併せて耐久年数を超えた原子力発電所が次々と大事故を起こしたり、エイズが蔓延し、この地球で人類が生き続けるのに困難になる状況を想定したが、アフガニスタンやイラクの現状とそれに対するアメリカの政策に追随するこの国の在り様を見ていると、大江の「暗い」二十一世紀像はあながち悲観《ペシミスティック》的すぎるとは言えないのではないか、と思わざるを得ない。

この国の近代史を繙《ひもと》いてみても、日清戦争、日露戦争、第一次世界大戦（シベリア出兵）、満州事変、日中戦争、太平洋戦争、そして「平和」になった戦後における朝鮮戦争、ベトナム戦争、湾岸戦争、イラク戦争への「陰ながらの関与」、あるいは「おおっぴらの参加」、つまり「日米安保条約」を理由として日本に駐留する米軍基地が朝鮮戦争やベトナム戦争において後方兵站《へいたん》基地となることを容認していること、湾岸戦争で巨額の金を拠出したり、さらには現在の自衛隊イラク派遣などを考えると、真の意味で「平和」であった時代はなかったのではないかと思われるほど、「戦争」に関わってきたことがわかる。まさに、日本の近代は「戦争」によって形成されてきたと言っても過言ではなかった。もちろん、一九六八（明治元）年から始まり現在に至る一四〇年近い近・現代史を一括して「戦争の歴史」とするのは、乱暴な括り方である。先にも少し触れたように、アジア太平洋戦争に敗北した結果手に入れた「憲法第九条」の思想＝精神は、例え連合軍（アメリカ占領軍）による「押しつけ」だったとしても、近代国家の成立以来続いてきた「戦争の歴史」に終止符を打とうとする人々の願いを体現するものだったからである。

第二章　戦争の放棄

第九条【戦争の放棄、軍備及び交戦権の否認】①日本国民は、正義と秩序を基調とする国際平和を誠実に希求し、国権の発動たる戦争と、武力による威嚇又は武力の行使は、国際紛争を解決する手段としては、永久にこれを放棄する。

②前項の目的を達するため、陸海空軍その他の戦力は、これを保持しない。国の交戦権は、これを認めない。

どのように読んだとしても、日本は「軍隊」を持つことができないとしか解釈できないが、アメリカとソ連を両極とする戦後の東西対立＝冷戦構造に規定された日本は、見せかけの「平和」を享受しながら「自衛隊」という名の軍隊を創設し、いつの間にか世界有数の軍事大国に化して、現在に至っている。時代状況に合わせて、ということは具体的には日米安保条約に強く規定されてということを意味するが、時の権力は恣意的に「憲法解釈」を行い、現在の「イラク派兵」にまで至った。国の根幹をなす憲法を勝手に「ねじ曲げて」もアメリカの世界戦略に追随し、そのアメリカとの蜜月を利用してひたすら経済的な「繁栄」を追求して来た結果、日本がどのような国になったか。例えば、教育の世界において「いじめ」が横行し、年少者による凶悪犯罪が後を絶たないという「生命軽視」の社会になってしまったこと、あるいは自己中心的な思考や行動が蔓延している状況と、この恣意的な憲法解釈を容認する人々の在り方とは、果たして関係ないか。

とは言え、もし本当に世界の「平和」を、あるいは各国（民族・人種）の共生を願うなら、例え

「理想に過ぎない」と譏《そし》られようが、「憲法第九条」の思想＝精神はアメリカ合衆国の意向を直接反映した現在の世界の在り方＝戦争を是認する思想に「異議申し立て」しなければならないはずだが、どうだろうか。考えてみれば、豊臣秀吉の朝鮮侵略をはじめ近代における日清戦争以来の対外戦争はもちろん、太古からの国内戦争においても戦争で犠牲になり辛酸をなめるのは、いつも「普通の人々＝無辜《むこ》の民」に他ならなかった。つまり「国のため」、あるいは「〇〇のため」という建前に振り回されて辛い思いをするのは、常に日々の暮らしに精一杯な「普通の人々」だったのである。そして、実は「戦争」に「勝利」も「敗北」もないこと、特に普通の人々＝兵士にとってそれは「生命」を脅かされるものでしかないことを、私たちは今一度肝に銘じるべきではないのか。

自らの炯眼《けいがん》を頼みとして「人間・生命」の在り方を凝視《みつ》め作品を生みだし続けた近代の文学者が、「戦争」とそこに蠢《うごめ》く人々を繰り返し描き続けたのも、まさにそこにこそ理由があったと言える。「人間・生命」の尊さは何ものにも代え難いという思い、それが「戦争文学」を書かせたのである。戦争文学を読み、そこから現在における自分たちの在り方および将来を展望する必要があるのも、ひとえに戦争文学が「人間・生命」にこだわって書かれているからに他ならない。もちろん、国家と自分とを重ね合わせ、「国のため」にという建前＝観念を前面に押し出し生命を軽視したように見える戦争文学作品が全くないというわけではない。しかし、大半の作品は、戦争という「事実」を在るがままに描き出しながら人間の生き方や生命の在り方を考え、あるいは「反戦」を訴え、戦争の悲惨さや絶望がもたらした悲劇を冷厳に見つめたものである。

改めてその歴史を振り返ってみると、その数が余りに多いことに驚く。それだけ、戦争と人間の在り方・生活とは密接な関係にあるということなのだろうが、自衛隊がイラクという外国に派遣された現在《いま》、「戦争文学」の内実と歴史を問うことの意味は決して小さくない。なぜなら、この国において自衛隊（軍隊）＝戦争に関わることで残された問題は、「徴兵制」だけであり、これからは「戦死者」も出るだろうし、国内が戦場になる可能性もあるからに他ならない。テロの標的になる危険性も格段に増大した。それが現在の「戦争」に関わる状況であるとすれば、私たちはその可能性や危険性を少しでもなくすために最大限の努力をしなければならない。「歴史（戦争の）」を繰り返してはならないからである。戦争文学を今改めて読む必要があるのも、そこに最大の理由がある。

なお、戦争文学は洋の東西を問わず数多く存在するが、この本では日本の明治維新＝近代以降の作品に限定して考察の対象とした。

# 第一部　戦前

## ——明治から昭和二〇年

# 第一章　日清・日露戦争

## 第一節　日清戦争と『愛弟通信』(国木田独歩)

明治維新を推進した西郷隆盛らの「征韓論」を持ち出すまでもなく、明治新政府が国内諸制度の「近代化」と並行して、最も近く、しかも歴史的に深い関係にあった隣国「朝鮮」を我がものにしようとする野心を抱いていたことは、これまでの近代史研究、例えば高崎宗司の『植民地朝鮮の日本人』(二〇〇二年、岩波新書)等によっても明らかである。その意味では、近代日本における最大の内戦であった「西南戦争」も、征韓派対国内政治派の争いではなく、どちらを優先するかの主導権争いに過ぎなかった。一九七八(明治一〇)年の時点では、とりあえず西郷らの征韓派は敗れ去ったが、「征韓」は明治政府の外交における至上命題の一つであった。朝鮮半島における米と金《きん》は、明治新政府にとって自らの命脈を決するに値する物質であり、喉から手が出るほど欲しいものだったからである。それに加えて、幕末に欧米帝国主義列強との間に結ばれた「和親条約」や「通商条約」が不平等条約であったことに示されるように、当時の日本はアジアの「一後進国」に過ぎず、そんな状態からいかに早く脱して「強国＝大国」になるか、そのような願望の具体的現れが征韓論だったのである。つまり、欧米帝国主義列強に追い付き追い越せ、というスローガンに象徴されるナショナリズムを根底に持った対外膨張政策、それが征韓論（対朝鮮政策）の真の姿であった。

そして一八九四（明治二七）年八月一日、ついに朝鮮半島の覇権をめぐって清国（中国）に宣戦布告する事態に至る。自分たち日本より先に行った清国の朝鮮半島「属領」政策を、戦争を起こすことで阻止しようとしたのである。甲午農民戦争＝東学党の乱が拡大したことに乗じて、日本も軍隊を繰り出し、ここに日清両国は全面戦争に突入する。アジアの「大国」を相手に、近代国家としての体制を整えたばかりの日本が戦いを挑むというのは、一見無謀とも思えたが、当時欧米帝国主義列強にいいように侵略されていた清国の実情と、朝鮮半島の米と金が明治新政府の権力維持に不可欠と思われていたことを考えると、必然的な成り行きであった。それに加えて、ロシアが朝鮮半島に不凍港を求めて南下政策を強化しつつあるという事情もあった。戦争は、日本軍の連戦連勝であった。陸では、九月に平壌《ピョンヤン》の清国軍主力を破り、海では黄海海戦で清国艦隊を撃破して制海権を握り、一〇月には遼東半島に上陸して旅順を占領し、翌年二月には山東半島の威海衛《いかいえい》をも占領するに至る。そして、日本の「勝利」という形で四月十七日講和条約が調印される。大国ながら衰微しつつあった国の軍隊と訓練度の高い新興近代国家の軍隊との違いが、勝敗を分けたと考えられる。

明治が生んだ最大のジャーナリストと言ってもよい徳富蘇峰が創った「国民新聞」（民友社）に入社して間もない国木田独歩が、従軍記者として参加したのは威海衛の戦いであった。そして、その時の従軍記事が『愛弟通信』（単行本、明治四一年）である。周知のように、国木田独歩は明治浪漫主義文学の頂点を示す『武蔵野』（明治三一年）や『牛肉と馬鈴薯』（同三四年）等の作品を著した作家である。

余は自由に語らんことを欲す。愉快に談せんことを欲す。自由に談じ、愉快に語りてこそ、始めて余が意に適するの通信をなし得ることを信ず。

故に読者諸君、余に冷静なる看察者《かんさつしや》を以《もつ》て望むなく、余をして報告者として筆を採《と》らしむることなく、余をして全く自由に、愉快に友愛の自然の情を以て語らしめよ。

余は之れを欲す。諸君も亦《ま》た之れを許すに於ては余已《すで》に『如何《いか》に通信すべき』の自問に就《つい》て、自答を得たり。今後余の通信は凡て、『余が一弟に與ふるの書状』なるべし。

読者諸君、諸君も亦た諸君の弟若《も》しくは兄よりの書状を読むの心を以て読まれんことを希《ねが》ふ。文に拙《せつ》なるも、一家内の者に示すに何かあらん。これ余が憐れむべき勇気なり。

（傍点・ルビ引用者「波濤」）

独歩の弟収二は、独歩が一年ほど教師をしていた大分県佐伯の鶴谷学館を辞して上京する際に、郷里の山口県柳井から同道し、一緒に国民新聞社に入社していた。その弟へ語りかけるという形で、この従軍記は書かれた。理由は、「戦争」に従軍している自分は新聞社で文章を書いている自分とは違う感情を持ったからであり、その感情を伝えるためには「愛する弟」に報告するように自分の目で見、耳で聞いたことを事実に即して詳しく報告しなければならない、と思ったからであった。

『愛弟通信』は、日本海軍の戦艦「千代田」（日本から朝鮮までは「西京丸」）艦上から見聞した戦場の様子を書いた従軍記であるが、その内容は、新聞記事らしく見出しを見ただけでもおおよそが理解できるようなものであった。「海軍従軍記」に始まって「敵艦広丙号捕獲詳報」の見出しで終わる全二四章からなるこの『愛弟通信』は、全体として国民のナショナリズムを意識した「活劇調」の文章になっている。例えば、一八九五（明治二八）年二月十三日付の「威海衛艦隊攻撃詳報」の文章は、次のようなものになっている。

戦闘！　館長の号令一下す。響き渡る戦闘の喇叭《ラッパ》。艦上粛然《しゅくぜん》たり。凡《すべ》ての人は凡ての配置に立てり。砲員は次の号令を待つものゝ如《ごと》し。（中略）

打方《うちかた》！　距離六千五百！　本艦十ノット！　号令艦橋より下ると共に一発、二発、三発、砲煙は砲煙を巻き、砲声は砲声に続く。

距離は次第に近《ちかづ》きつゝある也。六千米突《メートル》より五千となり四千となり三千となり遂に二千五百米突まで接近したり。各艦より打出す砲撃己に猛烈の極度に達せり。砲煙屢々《しばしば》全艦を包みぬ。二番砲より打出す砲煙は、恰《あたか》も谷より峰を走る雲霧の如く、颯《ひょう》と艦橋を掠《かす》め来る也。遙かに顧《かえり》みれば第二遊撃隊以下も亦《ま》た日島砲台攻撃を始めたるものゝ如し。砲煙眼をへだてゝ日光赤く、砲声天に響き波も亦立たんとす。轟然《ごうぜん》として頭上を一過する敵弾。人々思はず知らず頭を縮め体を屈して空中を見やる。相顧みて笑ふ。

見よ！　旗艦松島其《そ》の煙筒《えんとつ》を打ち貫かれたりと見ゆ煤煙直ちに甲板の上を払うが如し。

（ルビ引用者、以下同じ）

実に勇ましく、この記事を読んだ「国民新聞」の読者は、必ずや血を沸かせ胸を躍らせたのではないかと思われる。近代社会になったとは言え、まだまだ「主君のためならおのれの生命を捧げるのが当然」といった封建思想が根強く残っていた時代である。「日本のため」敵国と戦っている軍隊に、「強さ」と「勇ましさ」が求められるのは自然であったかも知れない。そこには、戦争故に当然流される血についての想像力はない。つまり、敵であれ味方であれ、戦争によって犠牲となる人間の生命について、独歩の想像力はどれほども働いていないということである。「生命の尊さ」の代わりに「国威の発揚」や「忠君愛国」が全面に躍り出ていた、と言えばいいだろうか。

もっともこのことは、幕末から明治の初年代まで「戊辰戦争」が続き（函館で幕軍のリーダー榎本武揚が正式に降伏したのは、明治二年五月一八日）、明治一〇年には西南戦争が起こり、その後の自由民権運動の過程でも明治一七年に起こった群馬事件（五月）、加波山事件（九月）、秩父事件（一〇月）、飯田事件（一二月）等が象徴するように、「暴力＝血生臭い事件」が社会に横行してきたことの結果かも知れない。そのため「個人の生命」よりも近代統一国家としての「威信」の方が重要視される精神風土がつくり上げられていた、とも考えられる。独歩が従軍を始めた六日後に出された「国民新聞」の「社告」が、よくそのことを物語っている。

特派員増発の社告

本社が支那征伐の義戦に熱中し之れが為に失費の多きをも厭《いと》はず之れが為めに幾多《いくた》の労苦をも意とせず他に比類なき程多くの特派員を派遣し総てのものを犠牲として聊か大日本国民たるの職分を盡

さんことを期したりしは読者の定めて諒解し玉ふ所なるべし、然るに今や支那征伐の義戦は海に陸に愈々《いよいよ》その壮絶快絶を極めんとし我社をして一大奮発更に特派員増加の必要に迫らしめたり、

（傍点引用者）

その結果、国木田独歩らを戦場に派遣することになったというのだが、帝国主義的野望を底意に潜めた日清戦争を「支那征伐の義戦」と言い募るメンタリティーこそが、独歩の『愛弟通信』を背後で支えたものであった。もちろん、独歩は好戦家＝戦争賛美者ではなかった。しかし、実際の戦闘を目の前にして、その模様を「郷国の同胞＝国民」に「通信」として送らなければならなかった独歩の内部には、「社告」を書いた人間と同化し、その結果「勇ましい」「好戦的」な文章を書かせたものと思われる。

そうでなければ、キリスト教の生命思想（個人主義）から多くのことを学び、イギリスの自然派詩人ワーズワースから多大な影響を受けた独歩が、戦勝に狂喜乱舞する国民感情をさらに煽るような新聞記事（『愛弟通信』）を書き続けた理由が理解できない。独歩は、「国民新聞」に入社してすぐの一〇月一日に、社の幹部人見一太郎から、軍艦に乗り込んで記事を送らないかと勧められ、すぐに承諾したのであるが、さすがに動揺して、その日の「日記」に以下のような胸の内を記していた。

「生と死と信仰と運命と事業と」

嗚呼《ああ》人生の問題は吾が此の際の経験のうちに解かるべし。

吾何故に軍艦にのり込み、生命の危険を冒してまで、吾が目的ならざる新聞社の用に応ぜざる可からざるか。

また吾何故に生命を自然にまかして安んぜざるか。まかしては如何。

吾が天職とは何ぞや。

何時死するも可なるに非ずや。

山林自然の自由を攫《つか》むは吾が権利に非ずや。

一死、如何にして死するも可！


しかし、いざ軍艦に乗り込むことが決定すると、自らの思想（信仰や哲学）と戦争に興奮している国民感情とを合致させるべく、「吾を自然のうちに更生せしめんがためなり。更に言い換ゆれば愈々シンセリティなる自然の児とならんことの也。また他の言を以てすれば、吾が霊性をして一段の進歩あらしめんためなり。」（『日記』一〇月一二日）と、その決意の程を記す。戦争をも「自然」と見なすことで、「自然」崇拝者であった自分の従軍を合理化する心性は分からなくはないが、独歩もまた時代の動向から自由でなかったということなのだろう。つまり、後に有名となった「山林に自由存す」（『武蔵野』）と言ってはばからなかった独歩も、戦争こそ「自然」の最大破壊者であることを見抜けなかったということである。

戦争が何故「非人間的」で「恐ろしい」かと言えば、その一つに、それが起こってしまえば「敵」とか「味方」とかに関係なく必ず尊い人間の生命や自然が損なわれるのに、雪崩《なだれ》を打つように戦争肯定の風潮が形成され、戦争反対者は「非国民」として弾劾されるような全体主義が罷り通ってしまうことがある。これが古今東西、どの国においても変わらないのは、最近の湾岸戦争やイラク戦争で、開戦を命令したアメリカ大統領が多くの国民に支持されることを見ても、すぐに諒解できるだろう。独歩も、そのような戦争と国民感情との関係から自由でなかったのである。

## 第二節　日露戦争と『肉弾』(桜井忠温)『此の一戦』(水野光徳)

日清戦争の「終結＝勝利」から一〇年も満たない一九〇四（明治三七）年二月一〇日、日本はロシアに宣戦布告する。それに先だつ八日から九日にかけて、日本艦隊＝海軍は仁川《インチョン》と旅順のロシア艦隊を不意打ち攻撃をしていた。なぜそのようなことが起こったか。それは、この戦争が、朝鮮半島への南下政策を続け、かつ日本が日清戦争の結果手に入れた遼東半島（旅順港）をロシア・フランス・ドイツによるいわゆる「三国干渉」によって清国に返したにも拘わらず、そこを日本に代わってロシアが極東艦隊の拠点港としていたことに不満を持ち、対抗しようとしたからである。言ってみれば、日露戦争は朝鮮と満州の権益を狙って両地域の支配を目指す日本とロシアの帝国主義同士の激突だったのである。

この帝国主義戦争が「アジア」における植民地争奪戦の一部であったことは、「三国干渉」にフランス、ドイツが加わっていたこと、あるいはこの戦争の背景に「日英同盟」があったことなどからも理解できる。そして、東アジアの覇権を狙ったこの戦争は、激戦であった。旧式な装備が主であった清国と違って、ロシア軍は近代的な装備と組織が行き届いており、日本も国力を上げての戦いであったから、双方は必死であった。戦局は次第に日本有利のうちに進み、日本陸軍の主力は朝鮮半島から南満州へと進撃し、「死屍累々」と形容された乃木将軍率いる陸軍第三軍の旅順攻略戦に勝利し、その後も奉天郊外でのロシア軍主力との戦いでも勝利するという具合であった。海軍の方も、黄海海戦でロシアの極東艦隊を撃破し、「日本海海戦」ではロシア・バルチック艦隊を全滅させるなど、日本の「勝利」を約束させるような進み行きであった。

ただ、日露戦争が「終結=日本の勝利」した理由には、戦闘の勝敗以外にもあった。それは、ロシア国内におけるレーニン率いる革命運動の進展である。旅順陥落後の一九〇五(明治三五)年一月二二日、ペテルスブルグの労働者が宮殿前に集まり「血の日曜日」事件(第一次ロシア革命の発端)が起こる。そして、五月に労働者が武装蜂起の準備をしているときに、バルチック艦隊の全滅という事態を迎えたのである。ロシア皇帝にしてみれば、戦争どころではないという状態に追い込まれていた。日本にしても、長く激しい戦闘で将校と下士官の多くを失い、弾薬も底をつくという状態にあった。そのような双方の事情もあって、日露戦争は終結したのである。

生死をかけた長く激しい戦闘が終わった。振り返って、人はそこに「裸の自分=人間の真実」がさらけ出されていたのを知る。乃木将軍の陸軍第三軍に従軍する中尉であった桜井忠温の旅順攻略戦をドキュメンタリー・タッチで描いた『肉弾　旅順実戦記』(明治三九年)は、まさに戦闘の当事者が書いた文学として傑出したものであった。

日露戦争！　此大戦争は茲《ここ》に目出度《めでたく》其局を結び、幾十万の忠勇なる将卒は、名誉の月桂冠を戴いて、国民が感謝歓迎の裡《うち》に凱旋《がいせん》するに至つた。彼等戦勝将卒の勇ましき風采《ふうさい》！　嬉しさうな様姿《ようす》！さはれ、彼等は単に嬉しい楽しいの念慮《ねんりよ》にのみ満たされてゐるものでは無くて、十有八ヶ月の間、日に焦げ、雨に曝された其顔に浮ぶる嬉笑《きしよう》の陰には、あはれ、御国の為、陛下の御為、其身は彼の荒涼たる満州の野の土と化し、露と消えて、最早共に今日凱旋の楽しさを分つことの出来ぬ幾多《いくた》の戦友を嘆く思の色が潜みて、戎衣《じゆうい》の袖も折々は暗涙に濡るゝのである。（中略）
日露大戦争記——之れは史家、文豪の霊妙なる筆を就《やと》うて始めて成るべきものである。而《しか》して予の如きは唯だ一個微小の軍人として、古今の軍記、戦術史上に未曾有の劇戦否な難戦として録せらるべき旅順の攻囲軍に参加して親しく経歴し、また見聞もした事実の多少を茲に回想し、剱執《つるぎと》る手の柄にも無き筆を呵《か》して、此難戦についての国民の記憶を新にしたいと思ふのである。

（「第一　戦友の血塊」）

明治三九（一九〇六）年と言えば、日露の間に講和条約（ポーツマス条約）が結ばれて一年しか経っていない時期である。意気揚々と凱旋してきた者がいれば、「御国の為、陛下の為、其身を荒涼たる満州の野の土と化し、露と消え」た者もいるという状態で、その生々しい記憶が人々の間にまだ残っていた時期に、この戦記は書かれた。引用した「第一　戦友の血塊」に続くのは、「第二　大命下る」で、以下「第三　征衣上途」、「第四　船中の隠芸」、「第五　上陸の危険」……と続き、最後は「第二十八　死中再生」で終わっている。そのほとんどは、著者が「劇戦」「難戦」と形容した戦闘場面である。著者自身もこの戦争で重傷を負っている。

この日露戦争がいかに「激戦・難戦」であったか。それは桜井忠温が重傷を負った旅順攻略戦だけでなくこの戦争全体で、戦死者四万三千人強、負傷者十七万人以上、病にかかる者二十二万人以上(その内六万三六〇〇人余が死亡)という実に多くの損害を受け、それは日本軍総兵力の四割以上に上がった――これだけの損害を出した一年八カ月の戦いによって、日本は余力をほとんど使い果たし、その結果が早い時期の講和条約締結となったと考えられる――。

この『肉弾』が、刊行されるや多くの人々に支持されベストセラーとなったのも、まず当事者でなければ描写できないような迫真的な戦闘場面が全編を覆っていたということと、外に向かっては「ナショナリズム」が強調され、内では「皇国意識=国威掲揚意識」が充満していた状況とがあって、この作品がそれを増長する格好の素材だったからと考えられる。日清戦争後の「三国干渉」によって「国家の威信」を傷付けられたという意識が、大国ロシアを打ち負かした事実=戦闘をより具体的に知りたいという欲求に転化したと言っていいかも知れない。言葉を換えれば、欧米帝国主義列強に伍してアジアの覇権を争うまでに「強大化」した日本を言挙げする指導者の思惑と、それに同調する国民感情に、『肉弾』はまさしく同調する内容を持っていたということである。

ただ、日清戦争時と違って、日露戦争の場合、新聞『萬朝報《よろずちょうほう》』(一八九二[明治二五]年創刊・主幹黒岩涙香[周六])に拠る幸徳秋水や堺利彦、更にはキリスト者内村鑑三らが盛んに反戦平和を訴えるということがあった。幸徳や堺は、黒岩涙香が開戦論に転じると同社を退社し、週刊の『平民新聞』を創刊し、平和主義、平民主義、社会主義の三大綱領の下で非戦論を展開した。この日露戦争さなかにおける非戦論の存在は、戦争が非人間的行為の極致であることを人々が考え始めたということを意味していた。このような「非戦論」の存在に影響を受けたということではないだろうが、後にヒューマニズムを基調とする文学グループ「白樺派」の一員となる有島武郎は、滞在中のアメリカからヨーロッパに回り帰国する途中の船中で『肉弾』を読み、次のような感想を日記に記していた。

海は昼ごろ荒れてきた。あの禅僧が『肉弾』という題の本を貸してくれた。苦しい思いで読んだ。これほど忌《い》まわしいものに思える日露戦争の記録をこれまでに読んだことがない。この本を読んで、ますます戦争の不当性を確信した。国家には国民を死にさらす権利などない。国家はその存在のために戦争するのでもなく、その栄光ある存在のために戦争するのでもない。空虚な虚栄心、許し難い利己心のために戦争するのだ。そしてこの目的を達成するために、国民に狭量な愛国心を教え、反人道主義的人生観で扇動するのだ。もし宗教、倫理、科学、交流等、人間社会のすべての明るい面が人類の同胞愛に向けられるならば、戦争は全く反対の方向を取るだろう。

（原文は英文「明治四〇年四月一日」）

札幌農学校（現北海道大学）でキリスト教の何たるかを知り、アメリカやヨーロッパでの生活経験を持つ有島武郎にしてみれば、「忠君愛国」を基調とし人命を「鴻毛《こうもう》より軽し」とする『肉弾』は、「忌まわしいもの」以外の何ものでもなかったのだろう。戦争が「狭量な愛国心」に基づく「反人道主義的」なものであることを、ヒューマニスト有島武郎は見抜いていたのである。

日露戦争においてその勝敗の行方を決したと言われる「日本海海戦」を、これまたドキュメンタリー・タッチで描いた水野広徳の『此一戦』（明治四四年）も、「血湧き肉踊る」描写の連続という点では、『肉弾』に勝るとも劣らない。当時水雷艇の艦長として海戦に参加した海軍大尉の戦記は、所々にその海戦の模様が具体的な絵（図）によって説明されていて、その意味では読者をして実際の戦に誘い込むような臨場感のあふれるものになっていた。さらに言えば、冒頭の次のような一文に、読者（国民）の心理は揺り動かされ、作品の中に素直な形で入っていくことができたと考えられる。

兵は凶器なり、天道之を悪《にく》むも、已むを得ずして之を用ふるは、是れ天道なりと。明治三十七年二月、我が帝国は東洋永遠の平和を維持する為め、茲に已《や》むを得ずして兵を起こし、露国に向つて戦《たたかひ》を宣した。敵は人口一億四千万、面積百三十五万方里を有し、欧米列強と雖《いえど》も、常に其の意に逆《さから》はざらんことを努めつゝある世界の大強国である。之に反し、我が帝国は、亜細亜《あじあ》の東方に孤立し、世界地図には、往々支那《しな》と其の着色を同じうせらるゝ最爾《さいじ》たる一小島国に過ぎない。大日本帝国の大の字と、大韓国の大の字とを、同一視せる欧米の人士は帝国の義憤を以て、是れ伏鶏《しやくけい》の狸《たぬき》を搏《う》ち、乳犬《にゆうけん》の虎を犯すに等しく、日本縦《たと》ひ闘心あるも、一たび剣を抜かば、国殆《あやふ》しとまで酷評した。併《しか》し斯《かく》の如きは、鉄の小なるを以て、木の大なるよりも弱しとなし、石の薄きを以て、瓦の厚きよりも脆《もろ》しとなすの類にして、兵の勝敗は数のみにあるを知つて、未だ気にあるを知らざるものである。

それにしても、「東洋永遠の平和を維持する為め」「已むを得ず兵を起こし」とは、よくぞ言ったものだと思う。このような「大義（名分）」は、この後も「日中戦争」「太平洋戦争」等において何度となく聞くことになるが、最新の「イラク戦争」においても「大量破壊兵器」を持つテロ国家の撲滅という「大義」を掲げて遂行されていることを考えると、昔も今も、洋の東西を問わず、戦争には「大義＝建前《たてまえ》」が必要だということがわかる。そして、この「大義＝建前」に隠れて見えないのが、兵士一人一人の顔であり、生命である。『此一戦』において、それは特に顕著である。たぶんそれは、「海戦」という戦法（操船術）と搭載した砲の命中率によって勝敗が決せられる戦のせいである。砲弾や魚雷によって船が沈まない限り、人命の損傷が比較的少ない海戦では、「生命のやりとり」をしているという実感が薄いのだろう。

現に『此一戦』でも、三十隻余りの艦船で編成されたロシアのバルチック艦隊は、東郷平八郎率いる連合艦隊（八十隻余り）に完膚《かんぷ》無きまでに打ち負かされるのであるが、撃沈されたり航行不能におちいった艦船の兵士たちがどうなったのか、ほとんど記述されていない。『此一戦』で描かれているのは、唯一次のような「一般的な戦死」についてである。

抑《そもそ》も戦士の戦場に殪《たお》るゝや、志は一なるも其の死方は決して一様ではない。唯《ただ》一発の弾丸に急所を打れて何の苦もなく即死するものもあれば、肉裂け骨砕けて、苦痛の裡に転々悶死《もんし》するものもある。就中《なかんずく》其の最も悲惨なるものは、陸戦に在つては、身に重傷を負ひ起居自由を失して、敵前に遺棄《いき》せられたるもの、海戦に在つては、身は死せずして艦と共に沈みたるものであらう。而《しか》も前者は尚《な》ほ時としては、敵か味方に救助せらるゝ万一の希望がある。唯後者に至つては、暗黒なる海底の鉄室内に閉じ込められて、救助を受くるの望は絶対に絶え、逃れんと欲して逃るゝ能《あた》はず、死せんと欲して死する能はざるものである。

（「九勝敗既に決す」）

その代わりに『此一戦』で強調されているのが、最高指揮官東郷平八郎の「偉大さ」と「ナショナリズム」である。東郷平八郎については、例えば「東郷司令長官は……本日天気晴朗なれど波高し。との電報を発した。何ぞ其の語の詩的にして、其の意気の豪壮なる。戦はずして既に敵を圧するの概がある」（「七　竜虎相対す」）、「迅電《じんでん》の如き我が大将は、決然として左舷回頭《さげんかいとう》の令を下した。大胆！　又冒険！　由来勇断果決は東郷大将の性格を彩る一大色素である。」（「八　竜争虎闘」）、のような表現が随所に登場する。「ナショナリズム」に関しては、観念的な言葉としか言いようがない「大和魂＝日本魂《やまとだましい》」・「武士道」の存在を強調することによって、あたかもそれが敵を打ち負かした最大の武器であるかのように喧伝される。

日本魂《やまとだましい》とは何ぞ、朝日に匂ふ山桜。武士道とは何ぞ、飯は食はねど高楊子《たかようじ》。是れ嘗《かつ》て我が国民に依つて誤認せられたる見解であつた。（中略）真の日本魂なるものは、孟子の所謂《いわゆる》浩然の気と等しく、曰く言ひ難きものにして、古来幾世紀の間、吾人《われら》大和民族の血管を貫流せる一種崇高の気である。科学や哲学で研究の出来るものでもなければ、筆や詞《ことば》で表されるものでもない。而して此の日本魂の命ずる道、是れ即ち武士道である。（中略）

日本海海戦に於ける我が艦隊の将卒は、執《いず》れも一死報国の決心を以て各《おのおの》其の職責を尽したるものにして、その勲《いさおし》に上下なく、其の働に甲乙なく、等しく是れ大和魂の精華である。今茲《ここ》に述ぶる所は、帝国海軍軍人が、死生の間に立つて、如何に沈着勇敢に戦ひしかを、代表的に国民に紹介する共に、忠烈《ちゅうれつ》国に殉じたる人々の英名を、不朽に伝へんと欲するに過ぎぬのである。

（「十一　日本魂（二）」）

「一死報国」「忠烈国に殉じる」、国＝日本が前面に押し出され、個人＝人間の生命《いのち》は後景に退けられている。言葉を換えれば、明治の世にあってはいかに人間の生命が軽く思われていたか、ということである。個人の存在よりも国や君主＝主人の存在に重きを置く思想を「封建主義」と言うが、社会の全体を覆うこのような思想が更なる悲劇＝戦争を誘因したことは、歴史が証明するとおりである。

### 第三節　与謝野晶子『君死にたもふことなかれ』田山花袋『一兵卒』芥川龍之介『将軍』

近代日本における「反戦」思想の歴史は、北村透谷が編集に深く関わっていたフレンド派（プロテスタント・クエーカー教）が刊行した雑誌『平和』（明治二五〜二六年、十二冊）から始まると言われている。この日清戦争開戦前の時期に出ていた雑誌の思潮は、透谷の「想断々（二）」（第一号）の「兵甲《へいこう》を以て国威を張るは変なり。兵甲は寧《むし》ろ国家を弱め、人心を危うするに足るも、以て大いに国力を養ひ、列国に覇たらしむる者にあらず」（「兵甲と国家」）などに、端的に表れている。「富国強兵」という言葉が象徴するように、明治維新政府は「兵甲＝武力」の増強によって国家としての体制を整えようとする思想を強化し続けた。この明治維新政府の思想は、近代国家としての体裁を象徴する「大日本帝国憲法」が制定されてもなお変わらなかった。そのことを考えると、キリスト教的ヒューマニズムに基づく「平和主義」を掲げて時代の趨勢に異議を唱えようとした『平和』の存在は、貴重と言わねばならない。

そのような明治二〇年代半ばにおける「平和主義」運動の存在を考えると、先にもふれたように、日露戦争前夜においてキリスト教的ヒューマニズムの系譜を継ぐ内村鑑三や社会主義思想に夢を託した幸徳秋水、堺利彦が、黒岩涙香主宰の新聞『萬朝報《よろずちょうほう》』によってしきりに反戦論・非戦論を展開したのも、人々（知識人）の日清戦争に対する苦い思いと共に、肯ける。

> 吾人は飽《あく》まで戦争を非認《ひにん》す、之を道徳に見て恐る可きの罪悪也、之を政治に見て恐る可きの害毒也、之を経済に見て恐る可き損失也、社会の正義は之が為めに破壊され、万民の利福《りふく》は之が為めに蹂躙《じゅうりん》せらる、吾人は飽まで戦争を非認し、之が防止を絶叫せざる可らず。（中略）
> 嗚呼我愛する同胞、今に於て基本に反《かえ》れ、其熱狂より醒《さ》めよ、而《しか》して汝《なんじ》が刻々歩々《ほほ》に堕せんとする罪悪、害毒、損失より免がれよ、天の為せる禍《わざわい》ひは猶《な》ほ避く可し、自ら為せる禍ひは避く可らず、戦争一度破裂する、其結果の勝と敗とに拘《かか》はらず、次《つい》で来る者は必ず無限の苦痛と悔恨ならん、真理の為めに、正義の為めに、天下万生《ばんせい》の利福の為めに、半夜汝《なんじ》の良心に問へ。
>
> （幸徳秋水「吾人は飽くまで戦争を非認す」明治三七年一月）

戦争が人々にもたらすものは「無限の苦痛と悔恨」でしかないと喝破し、しかもそれを公言してやまない精神は、「大義」に殉じているかのように見える桜井忠温や水野広徳などの武人たちと大違いである。そうであったが故に、戦争が始まるとそれに従わざるを得なかった兵士たちに対して、次のような呼びかけをしたのだろう。

行矣《いけ》従軍の兵士、吾人今や諸君の行を止むるに由《よし》なし。
諸君今や人を殺さんが為めに行く、否《しから》ざれば即ち人に殺されんが為めに行く、吾人は知る、是《こ》れ実に諸君の希ふ所にあらざることを、然《しか》れども兵士としての諸君は、単に一個の自動機械也、憐れむ可し、諸君は思想の自由を有せざる也、（中略）
嗚呼従軍の兵士、諸君の田畝《でんぽ》は荒れん、諸君の業務は廃せられん、諸君の老親は独り門に倚《よ》り、諸君の妻子は空しく飢《うえ》に泣く、而して諸君の生還は元より期す可らざる也、而も諸君は行かざる可らず、行矣《いけ》、行いて諸君の職分とする所を盡せ、一個の機械となつて働け、然れども露国の兵士も又《また》人の子也、人の夫也、人の父也、諸君の同胞なる人類也、之を思うて慎んで彼等に対して残虐の行あること勿れ。
（同「戦争来」同二月）

このような反戦・平和思想をより個人的な問題として引き継いだものとして、あの誰もが知っている与謝野晶子の『君死にたまふことなかれ』（明治三七年）がある。彼女を一躍時代を彩る歌人として有名にした『みだれ髪』（明治三四年）から三年、旅順攻略戦に参加した弟の無事をひたすら祈るこの八行五連の長詩は、「旅順口包囲軍の中に在る弟を嘆きて」の詞書《ことばがき》を持つが、例えば、次のよう詩句が作者の非戦（厭戦）を伝える。

あゝをとうとよ、戦ひに
君死にたまふことなかれ、
すぎにし秋を父ぎみに
おくれたまへる母ぎみは、
なげきの中に、いたましく
わが子を召され、家を守《も》り、
安しと聞ける大御代も
母のしら髪はまさりぬる。

暖簾《のれん》のかげに伏して泣く
あえかにわかき新妻《にいづま》を、
君わするるや、思へるや、
十月《とつき》も添はでわかれたる
少女ごころを思ひみよ、
この世ひとりの君ならで

あゝまた誰をたのむべき、
君死にたまふことなかれ。

この与謝野晶子の詩に対して、当時詩人として名を成していた大町桂月が「教育勅語や宣戦詔勅の主旨に反する非国民的詩」であり、晶子は「乱臣賊子」であると批判し、晶子との間に論争を引き起こしたが、大町が空疎な「大義＝建前」を武器にこの長詩を批判しなければならなかったのも、それだけこの詩が率直に人々の真情（心情）を丸ごと表現していたからであったと言えるだろう。ともかく死んで欲しくない、家には年を取った親がおり、新婚早々の妻もいる、生きて帰ってきて欲しい、これこそまさに「庶民＝民衆」の願いであった。しかし、戦争はそのような庶民の願いを踏みにじって続けられた。

自然主義文学を代表する作家として、『蒲団』（明治四〇年）や『田舎教師』（同四二年）で知られる田山花袋の『一兵卒』（同四一年）は、そんな与謝野晶子の願いが的を射たものであったことを明らかにする短編と言うことができる。不充分な糧食のため「脚気《かっけ》」に罹って死んだ兵卒を主人公にしたこの作品は、戦場において「虫けら」のようにしか扱われない兵士の現実を描いて秀逸である。

軍隊生活の束縛ほど残酷な者はないと突然思つた。と、今日は不思議にも平生《ひごろ》の様に反抗とか犠牲とかいふ念は起らずに、恐怖の念が盛に燃えた。出発の時、此身は国に捧げ君に捧げて遺憾《いかん》が無いと誓つた。再び帰つて来る気は無いと、村の学校で雄々しい演説を為《し》た。当時は元気旺盛、身体壮健であった。で、さう言つても勿論《もちろん》死ぬ気はなかつた。心の底の底には花々しい凱旋《がいせん》を夢みて居た。であるのに今忽然《こつぜん》起つたのは死に対する不安である。自分はとても生きて還ることは覚束《おぼつか》ないといふ気が烈《はげ》しく胸を衝いた。此病、此脚気、仮令《たとへ》此病は治つたにしても戦場は大なる牢獄である。いかに藻掻《もが》いても焦つてもこの大なる牢獄から脱することは出来ぬ。（中略）

もう駄目だ、万事休す、遁《のが》れるに路が無い。消極的の悲観が恐ろしい力で其胸を襲つた。と、歩く勇気も何も無くなつて了《しま》つて、止度《とめど》なく涙が流れた。神が此世にゐますなら、何《ど》うか救けて下さい。何うか遁路《にげみち》を教へて下さい。

この後、この脚気の兵士は誰に看取られることなく死んでいくのであるが、日露戦争の現実はまさにここに描かれた世界だったのではないか。田山花袋は、日露戦争開始直後の一九〇四（明治三七）年三月から九月にかけて、博文館という出版社の私設写真班主任として従軍しており、その時の経験を最大限に生かしてこの短編は書かれた。花袋の従軍そのものについては、帰国後にまとめた『第二軍従征日記』（明治三八年）に詳しいが、苛酷な戦場における兵卒の姿を何度も目撃したが故に、『一兵卒』のような作品を書くことができたのだろう。さらに言えば、自然主義文学作家・田山花袋の方法は、この従軍時代の観察に原点があるとも言える。

なお、花袋には他に、直接戦場を描いたのではないが、ひょんな事から脱営兵となって放火事件を起こして銃殺刑に処せられた兵士の悲劇を主人公にした『一兵卒の銃殺』（一九一七年）という作品があるが、『一兵卒』と、例えば『肉弾』とを比べてみた場合、同じ戦争を描きながら、その目線をどこに置くかということによって、作品の傾向が全く異なってくることがわかる。片方は勇猛果敢な将校で、もう一方は脚気になって死んで行った「名も無き兵士」、どちらが戦場の真の姿を伝えているかと言えば、四万数千人の死者と十数万人の負傷者の存在に照らし合わせて、やはり『一兵卒』の方だと言わざるを得ない。先に挙げた幸徳秋水は、出征兵士は戦争という場の「機械」だと言ったが、その機械を使いこなす技師の言葉より、壊れて使い物にならなくなった機械が曝す醜態にこそ、戦争＝戦場の真の姿が露呈していると考えるべきである。

芥川龍之介の『将軍』（一九二二［大正一〇］年）が面白いのは、当時は旅順攻略戦を「勝利」に導いたということで熱狂をもって遇された乃木将軍を、無能とまでは言わないが、素朴単純な指揮官として描き出している点にある。「白襷隊」「間諜」「陣中の芝居」「父と子と」の四つのエピソードから成るこの短編には、戦争に駆り出された兵卒の現実とは遊離した乃木将軍の、ただひたすら観念的にしか「戦争」を捉えていないため兵卒から「バカ」にされる姿が描き出されている。芥川は乃木将軍を「モノマニアック（狂的）」な人物として描き出しているのだが、ここからは「野蛮＝暴力」を嫌った芥川の戦争批判を読み取ることができる。特に、最後の「父と子と」における、大学生の息子が元軍人の父親が尊敬してやまない乃木将軍の殉死直前に撮影した肖像写真とレンブラントの自画像とを比較する場面は、戦争よりも「芸術」の優位を主張する芥川の面目躍如となっている。当時学習院の校長をしていた乃木希典は、明治天皇が死んだ時、西南戦争時に「政府軍＝天皇の軍隊」の軍旗を西郷軍に奪われた過去を理由に、「明治天皇にお詫びする」ということで妻と共に腹を切って殉死するが、芥川はそのような乃木将軍のアナクロニズム（時代錯誤）を批判したのである。

具体的に言えば、芥川は肖像写真を撮ってから自殺するという何とも形容し難い乃木将軍の精神構造に疑問を呈することで、戦争とその指導者を根底から否定したのである。この短編は、少なくない個所が「伏せ字」(検閲の結果)になっているが、それだけこの作品が「危険」な思想を持っていたということだろう。つまり『軍神乃木』(大久保四州、一九一八[大正七]年)や『軍神乃木大将』(四元学堂、一九一九[大正八]年)、『(神人)乃木将軍』(明文館編集部編、一九二四[大正十三]年)等の乃木将軍賛美の本が相次いで刊行される時代にあって、このような「国民的英雄=乃木将軍」を揶揄・批判する作品が発表されたのも、やはり「大正デモクラシー」の影響が社会の全体に行き届いていたからと思われる。つまり、「民本主義=民主主義」が声高に叫ばれ、労働運動や反政府運動が活発に展開されるようになった大正時代でなければ、この東郷平八郎と人気を二分する乃木将軍を貶《おとし》めるような作品は書くことができなかったであろう、ということである。

# 第二章　シベリア出兵から日中戦争へ

## 第一節　極寒の地で——黒島傳治の「戦争小説」

日清・日露の戦争に「勝利」し、第一次世界大戦（一九一四〜一八年）にも参戦して太平洋におけるドイツの権益を手に入れた日本は、大戦中に実現したロシア革命に干渉するため、アメリカ・イギリス・フランス・イタリアと謀り、チェコスロバキア軍を救援するという名目で一九一八（大正七）年八月二日、シベリア出兵を決定する。後に歴史学者から「宣戦なき戦争の手始め」と云われたこのシベリア出兵は、それに先立つ同年一月十二日に在留邦人保護を名目にウラジオストックに軍艦を派遣しているから、八月二日の「出兵宣言」は事後承認の感がなきにしもあらずであったのだが、このような米・英・仏・伊と共同した「反革命」の軍事行動は、日本国民にはいよいよ日本が「一等国」の仲間入りを果たしたことを宣するものであった。もっとも、この「一等国」意識がいかに底の浅いものであったか、夏目漱石は『それから』（一九〇九年）の代助に次のように言わせている。

何故働かないつて、そりや僕が悪いんぢやない。つまり世の中が悪いのだ。もつと、大袈裟に云ふと、日本対西洋の関係が駄目だから働かないのだ。第一、日本程借金を拵らへて、貧乏震ひをしてゐる国はありやしない。此借金が君、何時になつたら返せると思ふか。そりや外債位は返せるだらう。けれども、それ許りが借金ぢやありやしない。日本は西洋から借金でもしなければ、到底立ち行かない国だ。それでゐて、一等国を以て任じてゐる。さうして、無理にも一等国の仲間入をしやうとする。だから、あらゆる方面に向つて、奥行を削つて、一等国丈の間口を張つちまつた。なまじ張れるから、なほ悲惨なものだ。牛と競争をする蛙と同じ事で、もう君、腹が裂けるよ。其影響はみんな我々個人の上に反射してゐるから見給へ。斯う西洋の圧迫を受けてゐる国民は、頭に余裕がないから、碌な仕事が出来ない。

この小説を発表した二年後の八月「現代日本の開化」と題して講演し、そこで日本の開化＝近代化は「外発的」であり「内発的」でないと苦言を呈した漱石らしく、ここでも外面だけで内実の伴わないこの国の「一等国」意識を批判している。明治の始めから続く対外膨張政策と「一等国」としての面子《めんつ》が綯《な》い交ぜになって決行された「シベリア出兵」、そこに動員された人々（兵士）は何を考えたのだろうか。

瀬戸内海小豆島の半農半漁の家に一八九八（明三一）年十二月十二日長男として生まれた黒島傳治は、早稲田大学文学部高等予科に入ったばかりの一九一九（大八）年十二月、姫路歩兵第一〇連隊に招集され、翌々年にシベリアへ派遣される。その時の経験を基にして書いた作品群（シベリアもの）

こそ、大正期を代表する「反戦小説」と言われるものに他ならない。黒島傳治の「シベリアもの＝戦争小説」は、『橇』（一九二七年）や『渦巻ける烏の群』（同）など、十三編を数える。また「シベリアもの」でない戦争小説としては、『済南』（一九二九年）や唯一の長編『武装せる市街』（一九三〇年）がある。

病気（結核）のために無名時代を含めて十数年という短い作家生活（一九二一〜三五年）を余儀なくされた黒島傳治にしてみれば、「シベリア出兵」体験を基にした作品群は、彼の作家活動の中核を占めるものであった。黒島傳治の「シベリアもの＝反戦小説」の特徴は、例えば次のような『橇』の最終場面などによく現れている。

　どうして、彼等は雪の上で死なゝければならないか。どうしてロシア人を殺しにこんな雪の曠野《こうや》にまで乗り出して来なければならなかったか？　ロシア人を撃退したところで自分達には何等の利益もありはしないのだ。

　彼等は、たまらなく憂鬱になった。彼等をシベリアへよこした者は、彼等がこういう風に雪の上で死ぬことを知りつゝ見す見すよこしたのだ。炬《こ》たつに、ぬくぬくと寝そべって、いゝ雪だなあ、と云っているだろう。彼等が死んだことを聞いたところで、「あ、そうか。」と云うだけだ。そして、それっきりだ。

　彼等は、とぼとぼ雪の上をふらついた。……でも、彼等は、まだ意識を失っていなかった。怒りも、憎悪も、反抗心も。

彼等の銃剣は、知らず知らず、彼等をシベリアへよこした者の手先になって、彼等を無謀に酷使した近松少佐の胸に向って、奔放に惨酷に集中して行った。

何のためにシベリアまで出かけてロシア人と戦わなければならないのか。「一等国」でありたいために、米・英・仏・伊といった欧米の帝国主義列強に伍してシベリア出兵を決定した政治家たちにとっては、ロシア革命の牽制（干渉）、あるいは極東アジアにおける覇権の獲得という「大義」があったかもしれない。しかし、自分の意志とは関係なく極寒の地に送り出された兵士たちには、そんな「大義」など全く意味を持たなかった。彼らは、自分たちの生命がいたずらに取り引きされる「戦争＝戦場」に、心底から嫌気がさしていたのである。黒島傳治の戦争小説が、全体として「厭戦・反戦」気分に侵された兵士たちを主人公にしているのも、自分一個の生命を凝視める兵士にとって「大義」など端《はな》から意味のないものだったからである。故に、一兵卒としてシベリアを経験した黒島傳治の筆は、容赦なく自分たちを戦争＝戦場へと駆り出した者たちを糾弾する。

どうしてシベリアへ兵隊をよこして頑張ったりする必要があるのだろう。兵卒は、露西亜人を殺したり、露西亜人に殺されたりしているのである。シベリアへ兵隊を出すことさえ始めなければ、自分達だって、三年兵にもなって、こんなところに引き止められていやしないのだ。

（『雪のシベリア』一九二七年）

彼等をシベリアへよこした者は、彼等が、×××餌食になろうが、狼に食い×××ようが、屁とも思っていやしないのだ。二人や三人が死ぬことは勿論である。二百人死のうが何でもない。兵士の死ぬ事を、チンコロが一匹死んだ程にも考えやしない。代りはいくらでもあるのだ。それは、令状一枚でかり出して来られるのだ。……　（×印は伏せ字　『渦巻ける鳥の群』）

もう一つ黒島傳治のシベリア出兵経験を基にした短編の特徴を挙げれば、それは民衆の持つしたたかな精神＝笑いがそこに底流しているということになるだろう。『栗本の負傷』や『リャーリャとアルーシャ』に典型的に表れているが、芥川龍之介の『将軍』と通底するようなブラック・ユーモアが作品に貫流していて、ともすれば悲惨におちいりがちな戦争小説に「笑い」を導き入れている。この二つの短編は、ロシア人娼婦をめぐって兵卒と将校（軍医）が鞘当《さやあ》て、取り合いする話、あるいは日本人兵士とロシア人娼婦の「恋愛」をおもしろおかしく描いているが、そのこととは別に日本の軍隊がいかに女性の「性」を踏みつけにしていたかも、これらの短編からわかるような構造になっている。

シベリア出兵が行われた時代のロシア人娼婦と言えば、それは革命によって都市を追われた白系ロシア人の婦女子ということになるが、革命の牽制・干渉などという「大義」など糞食らえとばかりに、その場の不安やストレスから解放されるために「女を買う」将校や兵士の存在。これほどヒューマニズム（人間尊重主義）の精神から遠いものはなく、そのことによって黒島傳治の戦争小説は「軍律」の乱れに象徴される、「大義＝論理」も「倫理」もない戦争の惨めさを描き出している、と言える。

先にも記したように、黒島傳治には「シベリアもの」の他に、中国大陸への本格的侵略を謀った

「済南事件」を素材とした作品がいくつかある。その中には黒島傳治の唯一の長編である『武装せる市街』も含まれる。「済南事件」とは、満州・華北の支配を目論む日本政府（日本軍）が居留民保護の名目で一九二八（昭三）年四月山東省済南に出兵し、中国国民軍と戦端を開いた事件をさす。結核にかかってすでに除隊していた黒島傳治は、そこに兵士として参加したわけではないが、シベリア出兵と相似なこの「山東出兵」にプロレタリア作家として深い関心を寄せていたらしく、一九二九（昭四）年の十月から十一月にかけて、調査のため済南、天津、奉天、ハルピン等を旅行し、約一年後の翌年十一月に日本評論社の新作長編小説選集の一冊として刊行する。しかし、刊行後直ちに発禁処分となり、陽の目を見ることなく歴史の闇に隠され、戦後になってようやく誰もが読めるようになるという経緯を持つ。

『武装せる市街』は、長編小説に相応しく、事業を営む居留民や彼の地で生きる中国人の生活、あるいは複雑な中国軍閥の勢力争い等を描きながら、最後には日本軍の済南占拠で締め括られている。ここにおける黒島傳治の視点は、「済南事件」を民衆（兵士）の側からとらえようとする点で一貫している。「無意味な戦争」に駆り出された兵士たち（民衆）の怒りと不満、嘆きが、全編を覆っているのである。

「そうだよ、そうにきまっているよ！　この数しれん負傷者は。――戦争は、隊長の功名心の競争場だよ。そういう風に出来ているんだ。それで支那兵は、徹底的に追ッ払ってしまうさ。俺れらは、隊長の踏み台にせられて手や脚を落とすさ。ははは、隊長は隊長で、その功名心に、また、もうひとつ上からあおりをかけられているんだ。勲章というね。上にゃ、上があらァ。」

「その一番下が俺らじゃないか。」

「うむ、その俺らの上にゃ、重い石が、三重にも四重にものっかっていら！　畜生！」

のんきな軍医は、兵士の苦しみや、わめきや、怺《こら》えきれなくなって手足をばたばたやるのが快よいもののように、にこにこしながら、平気で処置をつゞけていた。血糊《ちのり》でへばりついたシャツを鋏で切った。

「一将《いっしょう》功成り、万卒《ばんそつ》倒る、か。」

兵隊の不平を小耳にした彼は、詩吟の口調で、軽るく口ずさんだ。


このような怒りや不満をいくら感じていても、戦争は行われる。戦争は民衆の生活とは別の「政治」的次元において決定され、遂行されるからである。黒島傳治は、この『武装せる市街』発表に先立つ一九二九（昭四）年七月の「反戦文学論」（『プロレタリア芸術教程』第一巻所収）で、「個人主義的な立場からの一般的戦争反対」論として次のような反戦意識を紹介している。

戦争は悪い。それは、戦争が人間を殺し、人間に、人間らしい生活をさせないからである。そこでは、人間である個人の生活がなくなってしまう。常に死に対する不安と恐怖におびやかされつゞけなければならない。だから戦争は、悪く、戦争は、いやな、嫌悪されるべきものである。

このような考え方は、黒島傳治がプロレタリア作家として活躍する遙か以前からあったことが、軍隊生活を始めたばかりの一九二〇（大九）年九月七日の「日記」（『軍隊日記』戦後の一九五五年に初めて公刊された）に、次のように書かれていることからわかる。

戦争は確かに罪悪だ、戦争の用意として、人間を、軍隊に引き出して強制的に、軍隊教育を施すというのも罪悪だ、それらは皆な心を束縛しようとする。心に反したことである。が、人間が進んでいないのだから仕方がない。併《しか》し、必ず、心の勝利が来る。来なければ、ならない。心とは、愛と、許しと、恵みと、放任とである。

この時、黒島は満二十一歳で、姫路の連隊で兵営暮らしをしていた。他にも、一九二一年三月十七日付きの日記には、「下士なんてえらそうに云って居ればいゝことのように思っている。兵卒はまるで奴隷のようなものだ。下士は兵卒をいじめるためにある。『中隊長は父の如く、班長は母の如し』なんてうその皮だ」というようなことも書かれている。天皇を頂点とする厳しい縦の関係によって秩序を維持してきた軍隊に対する本能的な拒否感、それは黒島傳治の「自由」を求める気持がそれだけ強かったということであり、この「自由」への根源的希求こそ黒島傳治の「原点」であった。

## 第二節　発禁作品『生きてゐる兵隊』（石川達三）と戦争加担

自らの体験を基に、昭和初年代の南米（ブラジル）移民の実態を赤裸々に描いた『蒼氓』（一九三五年）で第一回芥川賞を受賞した石川達三は、名声を得た勢いを駆って一九三七（昭一二）年中央公論社の特派員として日中戦争（中支戦線）の取材に出かける。この時の体験を生かして書いたのが、『生きてゐる兵隊』（「中央公論」一九三八年三月号）である。『蒼氓』がすべてを語っているが、リアリズムを信条とする自然主義文学系人生派と言ってもいい石川達三の記録文学的要素を多分に取り入れた『生きてゐる兵隊』は、戦争がいかに非人間的な所業を人々（兵士）に強いるかを、これでもかこれでもかと暴き出す。この小説は、まず自家に火をつけた中国青年の日本兵による惨殺から始まっている。

笠原は立ち止つてふり向いた。青年はうな垂れて流れるともないクリークの流れを見てゐた。一匹の支那馬が水の中から丸々と肥えた尻を突き出して死んでゐた。萍草《うきくさ》が鞍《くら》のまはりをとり巻いて頭の方は見えなかつた。

「あつち向け！　……と言っても解《わか》らねえか。不便な奴ぢや」

彼は已むなく自分で青年の後にまはり、ずるずると日本刀を鞘《さや》から抜いた。それを見るとこの痩せた鳥のやうな青年はがくりと泥の中に膝を突き何か早口に大きな声で叫び出し、彼に向つて手を合わせて拝みはじめた。馴れてはゐてもやはり良い気持ではなかつた。「えい！」一瞬にして青年の叫びは止み、野づらはしんとした閑かな夕景色に返つた。首は落ちなかつたが傷は充分に深かつた。

中国大陸で日本軍が行った残虐行為を「三光作戦＝殺し・焼き・奪う」と言うが、国民党が政府を置いていた南京の攻略を目的として中支に展開していた日本軍は、大規模な展開と進軍が速かったために補給が間に合わず、食料その他の物資に関して現地徴発主義をとっていた。占拠した集落や他の場所で、兵士たちは食欲と性欲を満たすために、食べ物を徴発し中国人女性を犯した。『生きてゐる兵隊』は、作家自身が目撃したであろうそのような「三光作戦」を、随所に書き記している。引用の笠原伍長は、物語の最後まで繰り返し中国人兵士や住民に対して「三光作戦」を行う兵士として登場する。先のアジア太平洋戦争における中国人の犠牲者は二〇〇〇万人を越えると言われているが、一人の小説家が目撃した（この小説に描かれている）南京攻略戦だけでも、これだけの「虐殺」が存在したのだから、中国全土となれば推して知るべしである。

もちろん、住民虐殺や捕虜に対する理不尽な処刑は、日本軍特有のものではない。太平洋戦争の末期において満州になだれ込んだソ連赤軍やベトナム戦争におけるアメリカ軍、等々、「戦争」において最も犠牲となるのは、いつも無辜《むこ》の民であり下級兵士である。戦争が、文化や自然の破壊を伴う「非人間的所業の極致」と称される所以である。

作家の鋭い観察眼によって期せずして戦争文学の佳品となった『生きてゐる兵隊』は、先の引用に登場する笠原伍長と医学部を出ながら一等兵である近藤、それと軍隊に入る前は小学校の教師をしていた倉田少尉、従軍僧の片山玄澄を中心人物として展開するが、その中でも宗教者とはとても思えない片山従軍僧については、その存在と行動の記述にかなりの枚数を割いている。


「片山さん今日は殺《や》つとつたぢやねえか」と通訳が言つた。

「殺《や》るさ君、わしぢやて同じことぢや」

「何人やつたね」

「さあ、数へもせんが五六人やつたらうな」

僧はこともなげに答へた。

つい先ほど、ほんの三時間ばかり前であつた。部落の残敵掃討の部隊と一緒に古里村に入つて来た片山玄澄は左の手首に数珠《じゆず》を巻き右手には工兵の持つショベルを握つていた。そして皺枯れ声をふりあげながら露地から露地と逃げる敵兵を追つて兵隊と一緒に駈け廻つた。（中略）

「貴様!……」とだみ声で叫ぶなり従軍僧はショベルをもつて横なぐりに叩きつけた。刃もつけてないのにショベルはざくりと頭の中に半分ばかりも喰いこみ血しぶきを上げてぶつ倒れた。


いくら戦争だからと言って、本来なら「死（生）」がもたらす苦しみや悲しみを癒す立場にある者が、これほどに心の動揺なく「殺人」を行うことができるだろうか。おそらく、ここにこの小説を書いた作者の意図が隠されている。つまり、平時にあっては普通の僧侶が、戦場では「狂人」のような振る舞いを行ってしまうその無惨さを、石川達三はこの小説で描こうとしたのである。「狂気」は、片山従軍僧だけにあったのではない。医学徒近藤一等兵も、「かくも易々と人間の生命現象は終るのである。然らばこのはかなき生命現象に執着してゐる吾人の医学とはそも何であらうか。否、吾人の生命とは何であらうか。生命とはこの戦場にあつてごみ屑のやうなものである。医学はごみ屑にたかる蝿のやうな」などと、自らのアイデンティティーについて自問自答しながら、占領した村の中国人娘をスパイと思い銃剣で刺殺するという過去を持っている。作品の随所で、近藤一等兵の「インテリジェンス」が戦場で麻痺していると作者は書いているが、敵兵（捕虜）を何のこだわりもなく惨殺する笠原伍長も、ショベルで敵兵の頭を叩き割る片山従軍僧も、中国人娘の胸を銃剣で刺殺する近藤一等兵も、戦場では皆「狂気」におちいった同類である、という強烈なメッセージがこの小説には込められていると言っていいだろう。

『生きてゐる兵隊』は、作品末に「附記」として「本稿は実戦の忠実な記録ではなく、作者はかなり自由な創作を試みたものであり、従って部隊名、将兵の姓名なども多く仮想のものと承知されたい」との言葉が添えられているが、大部分は石川達三が見聞した「事実」に基づいて書かれたと考えられる。その意味では、長い間そのような事実があったかなかったかで論争が続いている「南京大虐殺」の存在を示唆する個所が何カ所もこの小説には出てくる。例えば、笠原伍長が十三人の捕虜を日本刀で斬り殺し、刃こぼれすると他の兵士に銃殺させる場面、あるいは南京市入城後に軍服を脱いで市民の群に身を隠した中国兵を捜し出して処刑する場面、連日市内の至る所から火事が発生しそれを放置していた挿話、さらには先を争って揚子江を船で逃げようとした中国兵や市民を、対岸で待機していた日本軍が機関銃で掃射し悉《ことごと》く河の藻屑にしてしまったという記述、等々である。中国側が言うように三〇万人とか四〇万人とかであるかはわからないが、少なくとも数万人以上の無辜の民を虐殺したことは、この『生きてゐる兵隊』からも推測できる。ことのついでに「南京大虐殺」について、いまだにそれは「虚報」であり、中国側の「誇大宣伝」であるといった論が罷り通っているが、当時第一六師団第三〇旅団長として南京攻略戦の一翼を担った佐々木到一少将の『南京攻略記』（一九六五年刊の『昭和戦争文学全集』に初めて収録される）を読めば、佐々木少将の率いる部隊だけで数千から数万の中国兵や住民を掃討（虐殺）していることが判明する。佐々木部隊は、南京攻略戦に動員された全兵力の一部に過ぎない。全体は推して知るべしである。

友軍の城内掃蕩はこの日もつとも悽愴《せいそう》であつた。南京防備軍司令官唐生智は昨日のうちに部下の兵をまとめて悒江門《いふかう》から下関に逃れた。（中略）

悒江門は最後まで日本軍の攻撃をうけなかつた。城内の敗残兵はなだれを打つてこの唯一の門から下関の碼頭《まとう》に逃れた。前面は水だ。渡るべき船はない。陸に逃れる道はない。彼等はテーブルや丸太や板戸や、あらゆる浮物にすがつて洋洋たる長江の流れを横ぎり対岸浦口に渡らうとするのであつた。その人数凡そ五万、まことに江の水をまつ黒に掩《おお》うて渡つて行くのであつた。そして対岸について見たとき、そこには既に日本軍が先廻りして待つてゐた！　機銃が火蓋《ひぶた》を切つて鳴る。水面は雨に打たれたやうにさゝくれ立つてくる。帰らうとすれば下関碼頭ももはや日本の機銃陣である。――かうして浮流してゐる敗残兵に最後のとゞめを刺したものは駆逐艦の攻撃であつた。

『生きてゐる兵隊』が「中央公論」に発表されるやいなや、直ちに掲載紙が発禁処分となり、作者の石川達三と編集者等が新聞紙法違反容疑で逮捕され、裁判の結果石川達三が執行猶予付きの禁固四カ月の判決を受けたのも、その描写が余りに「事実」に近かったからと思われる。戦争の「事実」を国民に知られることを、日本の政府・軍部は極端に怖れていたのである。なぜなら、世界大恐慌による経済不況を満州事件から「満州建国」(一九三二年三月)によって乗り切ろうとした日本帝国主義は、「蘆溝橋事件=日中戦争(支那事変)」(一九三七年七月七日)を起こし、満州を起点に中国全土への侵略の野望を隠そうとしなかったが、その侵略の内実=戦場がどんなものであったかを明らかにしたくなかったからであった。どんな戦争でも、それがいったん起こるといかなる国でもその「真実の姿」を覆い隠そうとする。軍事作戦上の秘密という「大義」を掲げて、「報道管制(規制)」が布かれる。しかし、その報道規制がさらなる悲劇を生み出すことは、アジア太平洋戦争下の「大本営発表=軍部が行った事実とは異なった報道」がすでに実証済みである。

なお、報道管制(規制)と表裏の関係にあったのが、日中戦争の頃から盛んになった作家や文化人を「従軍報道班員」として、戦争に動員するようになったことである。新聞記者(ジャーナリスト)を従軍させるのは、第一章の『愛弟通信』(国木田独歩)を持ち出すまでもなく、どんな戦争でも当たり前のことであるが、日中戦争からは(軍や政府の意向を受けて)出版社や新聞社が意識的に文化人・作家を従軍させ、その体験を基にした小説や従軍記を書かせたのである。「ペン部隊」の走りである。結果的には「発禁処分」を受けたが、『生きてゐる兵隊』はその結果の一つであった。

なお「ペン部隊」とは、一九三七(昭一二)年七月、「中央公論」が北支や上海に尾崎士郎、林房雄を派遣し、「主婦の友」が吉屋信子を送り、九月には「日本評論」が榊山潤を送り出し、次いで「文藝春秋」が岸田国士と小林秀雄を、「中央公論」が石川達三を、「改造」が立野信之らを送り出したことから始まった。内閣情報部が、当時文藝春秋の社長として文壇で飛ぶ鳥を落とす勢いだった菊池寛に相談し、実現した「戦争宣伝隊」であった。そして、一九三八（昭一三）年になるとペン部隊は本格化し、九月十一日には久米正雄、片岡鉄平、川口松太郎、尾崎士郎、丹羽文雄、浅野晃、岸田国士、滝井孝作、中谷孝夫、深田久弥、佐藤惣之助、富沢有為男が陸軍部隊に、十四日には菊池寛、佐藤春夫、吉川英治、小島政二郎、北村小松、浜本浩、吉屋信子が海軍部隊に派遣された。その後、このペン部隊は太平洋戦争時にも継続され、作家たちは続々と戦地へ赴いていったのである。

ペン部隊だけではないが、戦地に派遣された作家や文化人たちは、戦場で、あるいは帰国して従軍記や小説、エッセイを書き、それらを様々な場所で発表した。例えば、単行本になった彼等の「成果」をいくつか挙げれば、尾崎士郎『悲風千里』（三七年一一月、中央公論社）、吉屋信子『戦禍の北支上海を行く』（同、新潮社）、榊山潤『上海戦線』（同、砂子屋書房）、林房雄『戦争の横顔』（同年一二月、春秋社）、岸田国士『北支物語』（三八年五月、白水社）、林芙美子『戦線』（同年一二月、朝日新聞社）、佐藤春夫『戦線詩集』（三九年二月、新潮社）、といった具合である。

なお、『生きてゐる兵隊』で筆禍事件を起こした石川達三も、一九三八（昭一三）年九月から十一月にかけて「ペン部隊」の一員として従軍した経験を基に『武漢作戦』（四〇年九月）を書いている。篇末の「附記」で、『生きてゐる兵隊』での筆禍事件を読者に詫び、「（本稿の）目的とするところはたゞ内地の人に戦争の広さと深さ、戦争の複雑さを知つて貰ひたい事にあつた。即ち筆者は出来るだけ忠実な戦記を成構して見やうとした。……前回は戦場にある個人を研究しやうとして筆禍に問はれた。今回はなるべく個人を避けて全般の動きを見やうとした」と記したこの作品は、「忠実な戦記」を目指しただけあって、『生きてゐる兵隊』よりもリアルに戦争を描き出していたとも言える。南京攻略戦に続く武漢作戦は、中国軍の激しい抵抗にあって苦戦を強いられたものだったようだが、石川達三の眼は終始兵士の姿に注がれており、その点は『生きてゐる兵隊』とほとんど変わらなかった。

この目線を「民衆・庶民」に注ぐという石川達三の小説作法は、戦後の『風にそよぐ葦』（五一年）や『四十八歳の抵抗』（五六年）、『人間の壁』（五九年）、『僕たちの失敗』（六二年）などのベストセラー作品執筆においても変わらなかった。

なお、ここで『生きてゐる兵隊』と同じようにこの時期発禁となった『火線』（柴田賢次朗　三九年）という作品のあったことを記しておきたい。発禁の理由は、「全般的に反戦並《ならび》に軍紀紊乱《びんらん》に亘《わたる》る如き記述多く」というものであったが、『生きてゐる兵隊』同様、リアルに戦争をありのままに描いたら「反戦」のレッテルを貼られ、発禁処分を受けてしまう時代のあったことを、私たちは忘れてはならないだろう。表現の自由や思想の自由のない社会は、決して人々に幸福をもたらさないからである。

## 第三節　兵隊作家・火野葦平――「兵隊三部作」の誕生

中国への本格的侵略とも言うべき日中戦争＝支那事変は、火野葦平という特異な作家を生み出した。県立小倉中学校在学中から小説を書き始め、早稲田大学英文科に進学してから本格的に作家を目指した火野葦平（本名・玉井勝則）は、一九三七（昭一二）年九月一〇日、日中戦争の開始にともなって小倉第一一四連隊に応召入隊し、一〇月には現役の陸軍下士官（伍長）として杭州湾敵前上陸に参加する。ところが、入営直前に脱稿していた『糞尿譚』（「文学会議」四号）で、一九三八（昭一三）年三月、第六回芥川賞を受賞する。この芥川賞受賞については、先に記した小林秀雄が文藝春秋社からの依頼で杭州まで受賞の報告と副賞の懐中時計を届けたことから話題となり、受賞をきっかけに火野はその年の四月から中支派遣軍報道部へ転属となる。もちろん、報道部勤務だからといって兵隊でなくなったわけではなく、身分は相変わらず陸軍伍長のままであった。そして、五月には徐州会戦に参加する。

　この時の体験を記録文学の手法を用いて書いたのが、「兵隊三部作」の最初の作品となる『麦と兵隊』（「改造」三八年八月号）である。『麦と兵隊』は、徐州会戦の開始から終わりまでを日記形式で書いたものである。その特徴は、報道班員とは言え元々が兵士であったということもあって、兵士の目線で戦争というものを捉えている点、およびその戦闘場面における臨場感の切実さにあると言っていいだろう。

> 既に連日の行軍で、豆を拵《こしら》え、足取りの香《かん》ばしくない者もある。黄塵《こうじん》のため、口の中はざらざらする。歯にあたってがじがじ鳴る。吐くと黄色い唾が出る。汗が淋漓《りんり》と流れ落ちる。軍服に沁《し》みて透る。流れた汗に黄塵がくっつき、拭うと斑《まだら》になって、まるで下手《へた》な田舎芝居の役者の白粉《おしろい》の剝《は》げた見たいである。兵隊はものも云わず行軍して行く。話しかけても、怒ったような顔をして碌《ろく》に返事もしない。小休止になると、埃の中だろうが、馬の糞《ふん》の上だろうが、投げるように仰向けに引っ

くり返ってしまう。(中略)引っくり返った兵隊は一寸の間も惜しむように、足を伸ばし、肩を緩《ゆる》め、一口の冷《さ》めた湯を口の中に大事そうに流しこむ。炎熱《えんねつ》の行軍の中で一杯の水筒の水ばかりが頼りである。見わたすかぎりの麦畑ばかりで、クリークは非常に少く、たとえあっても溷濁《こんだく》した水は呑《の》むことが出来ない。

(「五月九日」)

これなど、延々と続く麦畑の中を黄塵にまみれて行軍する兵士の中に作者がいなければ書けない文章である。汗や埃の匂い、あるいは一杯の水の甘さが伝わってくるように感じられる。決して高みから、あるいは脇から兵士たちの姿を見ていない、と言えばいいだろうか。在るがままに兵士の姿を写し取ろうとする姿勢だけが、ここにはある。このような作家の姿勢は、戦闘場面においても変わらない。

眼前の事態はますます逼迫《ひっぱく》して来た。迫撃砲弾はいよいよ廟《びょう》に向かって集中し、次から次に落下した。当れば仕方がないと既に諦めながら、私は廟の中に居った。急に、すさまじい音響が耳元でしたと思うと、ぱらぱらと石ころが頭の上に落ちて来た。はね起ると、濛々《もうもう》として何も見えない。(中略)又、轟然《ごうぜん》たる音とともに眼の前にぱっと火の柱が立ち、礫《つぶて》のように顔に小石が飛んで来たので、表に飛び出した。何人も一緒に飛び出した。後から私に落ちかかるように縋《すが》ったものがある。振りかえると、負傷しているらしいので抱いてやり、入り口の右側に壕が掘ってあったので、その中に担《かつ》ぎ下した。(中略)その兵隊は全身血に濡れていたが、私は抱いたり起したり手当てしてやっているうちに自分の身体《からだ》も血に塗《まみ》れたと思った。私の手はぬるぬるとべたつき、翳《かざ》してみると、夜目《よめ》に両手とも真黒であった。迫撃砲弾は壁の根元に落ちたらしく、大きな穴が開いている。恰度《ちょうど》その内側に寝かされている負傷兵が何人か即死したらしかった。

（「五月十六日」）

『麦と兵隊』は、全編このような場面で埋め尽くされている。まさに、戦場において生死を分かつのは髪の毛一本の差というような状態であることを、火野はこれでもかこれでもかと描く。しかし、この火野の従軍記（戦闘記録）を読んだ読者＝銃後の国民は、どのような感想を持ったのだろうか。たとえ火野（軍部）の意図が戦場に赴《おもむ》かなくてもいい人たち（女性や子ども、老人、政治家、経済界の人たち、等）に対して、「勇敢で強い日本軍」や「国威」、あるいは「大和民族の優秀性」を訴えるものであったとしても、家族や知り合いを戦場に送っていた人たちは、そんな建前とは関係なく、自分の夫が、息子が、叔父が、知り合いがその中にいるのではないかと思い、戦争に忌避感情を持ったのではないだろうか。日中戦争の一部でしかない報道班兵士火野葦平の描く徐州会戦の十七日間だけでも、多くの将兵が死に、傷ついている。

「御国のために」というのも、「名誉の戦死」を誇りに思うのも、庶民感情からすれば「建前」に過ぎなかったはずである。一部のナショナリストは別だろうが、誰だって身内や知り合いが「大義」に殉じることなど潔《いさぎよ》しとしなかったはずである。それは、自らの生命を犠牲にして戦闘を勝利に導いた「爆弾三勇士」が小学校の教科書に取り入れられ、為政者によって「英霊」を祀る靖国神社が別格扱いされてきたことの裏側を考えれば、はっきりするのではないだろうか。つまり、戦争を推進する勢力が、人々の間に生じた「厭戦・反戦」の感情を押し止めるために、あるいはそれらの感情が発生しない方策として、「爆弾三勇士」も「靖国神社」も、さらには「アジア解放」などの建前＝大義を前面に押し出さざるを得なかったということである。その意味では『麦と兵隊』も、作者の意図とは関係なく、人々を戦争へ動員する一つの道具として使われたと言えるかも知れない。

同じ日中戦争の現実を描きながら、片や石川達三の『生きてゐる兵隊』が発禁処分を受け、他方『麦と兵隊』が百二十万部を売り上げるベストセラーとなった違いは何であったのか。『麦と兵隊』が政府＝内閣情報部や軍部が推薦する小説であった理由の一つは、次のような部分にあったと思われる。

私は祖国という言葉が鮮やかに私の胸の中に膨《ふく》れ上って来るのを感じた。それは無論私が突然抱く感懐ではないけれども、特にこの数日、眼のあたりに報告された兵隊のたとえようなき惨苦とともに、私の胸の中に、それは、ひとつの思想のごとく、湧《わ》いて来た。杭州湾上陸以来、常にそうであったように、今度の徐州戦線でも多くの兵隊が殪《たお》れた。私はそれを眼前に目撃して来た。私も一兵隊である。何時戦死するやも測《はか》られぬ身である。しかしながら、戦場に於て、私達は死ぬことを惜しいとは考えないのである。これは不思議な感想である。（中略）兵隊は、人間の抱く凡庸《ぼんよう》な思想を乗り超えた。死をも乗り超えた。それは大いなるものに向って脈々と流れ、もり上って行くものであるとともに、それらを押し流すひとつの大いなる高き力に身を委ねることでもある。又、祖国の行く道を祖国とともに行く兵隊の精神でもある。私は弾丸の為にこの支那の土の中に骨を埋むる日が来た時には、何よりも愛する祖国のことを考え、愛する祖国の万歳を声の続く限り絶叫して死にたいと思った。（傍点引用者「五月十九日」）

ここに示されている火野伍長の考え・感情こそ、戦争を推進してきた人たちが最も「歓迎」すべきものであった。「祖国のために死ぬ」、これほど耳障りの良い言葉はない。しかし、これが兵士の現実、あるいは戦場の実態と乖離した「観念」的なものにすぎないことは、記録文学である『麦と兵隊』の中にも、よく言われる死に行く兵士が「日本万歳」「天皇陛下万歳」と叫ぶ場面が一度も出てこないことからも、判断できる。

建前＝観念を前面に押し出すことによって、非日常世界の極致と化した「戦争」の渦中にある自分を納得させる、これを無意識のうちに行っていたのが、「兵隊作家」火野葦平であった。『麦と兵隊』の世界に、将兵たちの行動はつぶさに描かれていても、彼らの「内面」が全く出てこない理由がそこにある。当然、「敵」である中国兵や中国の農民たちがどのような思いでこの戦争に臨んでいるかといった想像力も皆無である。ましてや、彼らも自分たちと同じ人間であるという発想など微塵《みじん》も感じることができない。火野葦平の戦争＝兵隊小説を論じた文章の中に、よく庶民＝兵士の感覚で戦争を捉えていたという評語を見ることがあるが、果たしてそうであったか。火野葦平は、「戦争の時代」が作り出した通念＝建前に寄り添って、戦争へと人々を駆り出す役割を「素朴」に演じただけだったのではないか。

その証拠に、『麦と兵隊』の中に、日本軍将兵が何の疑問も持たず「徴発」を行う場面が何度か出てくる。戦闘を避けて逃げた中国人の部落に勝手に入り、鶏を絞め、豚を殺し、野菜を盗り、塩や米を見つけ出し、自分たちの糧秣とする。そのような行為に対して火野は全く疑問を呈しない。当然のこととして、兵士たちの「徴発＝略奪」行為を描くだけである。火野は、日本軍の物資現地調達主義がもたらした「三光作戦＝殺し・焼き・奪う」に、何らの疑問も持っていなかったのだろう。

そんな火野葦平の戦争観を考えると、火野葦平の戦争責任を免罪する際によく引用される『麦と兵隊』の最後で、捕虜となった抗日兵士を処刑する場面に出くわした火野伍長がもらした感慨を、「人間（生命）尊重」とか、「イロニー」とかということだけで評価していいのか、と思わざるを得ない。

後に廻った一人の曹長が軍刀を抜いた。掛け声と共に打ち降すと、首は鞠《まり》のように飛び、血が簓《ささら》のように噴き出して、次々に支那兵は死んだ。

私は眼を反《そら》した。私は悪魔になってはいなかった。私はそれを知り、深く安堵《あんど》した。

火野葦平は、「眼を反した」だけで、理不尽に首をはねられた中国兵について、さらにはそのような非道を行った日本兵に対して、何ほどのアクションも起こさず、感想（批判）を行っていない。虐殺行為を容認しているのである。

『麦と兵隊』の成功は、次に杭州湾上陸作戦の詳細を弟へ送る書簡という形で書いた『土と兵隊』（三八年十一月）、さらには日本兵と中国娘との間に交わされた愛情などを描いた短章から成り、「杭州警備駐留記」の副題を持つ『花と兵隊』（三九年八月）へと火野葦平の筆を進めさせ、彼をして時代の寵児に祭り上げることになった。これら「兵隊三部作」は、一九四〇（昭一五）年朝日新聞文化賞、福岡日々新聞文化賞を受賞する。

## 第四節　それぞれの戦争──日比野士朗、上田廣、尾崎士郎、そして……

火野葦平の「兵隊三部作」、とりわけ『麦と兵隊』は、その脅威的な売り上げが証明するように、銃後の国民を戦争へと動員することに成功した。この陸軍伍長による「戦争実記」が誘い水になったわけではないだろうが、先にも記したように内閣情報局の肝いりで「ペン部隊」が戦場に派遣されたことと相まって、火野葦平に次ぐ「兵隊作家」が次々と生まれていった。その代表が、日比野士朗と上田廣である。

日比野士朗は、一九三七（昭一二）年、日中戦争勃発に伴って招集を受け、呉淞《ウースン》クリーク渡河作戦で負傷するが、そのけがが理由で内地へ送還されるまで小説の類を書いたことはなかった。もちろん、戦地に行くまで小学校の代用教員をしたり、河北新報の記者をしていたことを考えると、まったく文学＝小説と無縁な世界にいたというわけではないが、兵士になる以前から特に文学を志した人間ではなかった。その日比野士朗が、中国から帰国して傷の治療をしている間に、その間の経過を小説という形で書き残そうとしたのも、やはり『麦と兵隊』の成功があったからと言っていいだろう。

もっとも、日比野士朗の入隊以前の職業が新聞記者であったと知っていた部隊長から、彼は特別に戦場の出来事を「記録」する許可をもらっていたので、その記録を基にすれば、リアリズムに徹した『呉淞《ウースン》クリーク』（三九年二月）を書くことは、そんなに難しいことではなかったかも知れない。『呉淞クリーク』の特徴は、戦争というものが消耗品としか思われていない兵士の徹底した犠牲の上に成り立つものであることを、あくまでも「事実＝体験」に基づいて描いている点にある。この作品は全編戦闘場面で埋め尽くされている。例えば次のように、である。

また誰かが駈けてきて、舟の向こう側にばたりと倒れたまま動かない。やられたな、とおもい、そっと窺うと、彼は私と同じようにしっかり地面にしがみついて肩で息をついているのだ。うしろから第一分隊長が私の名を呼び、第一分隊みんないるぞおうと呶《ど》鳴《な》る。ふりむいて、大丈夫かっ！と叩きつけるように言うと、おう、おう！　殺気だった声々である。各分隊長の声々が答えるのは、おそらく小隊全員が命令一下、舟を押し出そうと構えているのにちがいない。何遍も機関銃が薙《な》いでくる。どんなに平ったくなっていてもまだ姿勢が高すぎるような気がする。ここで撃たれてはまったく死にきれない心もちだ。ひょいと右手を見ると、舟の向こう側の兵隊が鮮血に染まってぐったりなっている。ときどきびくびく動いているのは息も絶えだえの証拠だ。何とかしてやりたいが、今は体を動かすことができない。そのさきにも倒れている。左手を見る。交通壕らしい堆《たい》土《ど》の手前でも一人、あたりの草をまっ赤に染めて戦死している。誰だかわからない。目をつぶり、しっかり地面に吸いつき、今度こそ自分も駄目かとおもう――

実際に体験した者でなければ書けないような、臨場感あふれる描写である。呉淞クリーク渡河作戦が、日中戦争＝支那事変全体でどのような役割を果たしたものなのか、あるいはどれほど重要な意味を持っていたのかはわからない。がしかし、このような激戦＝苦戦は戦場のいたるところで生じたと思われる。

生死を分かつのは紙一重、という極限状態に置かれた日比野伍長が、帰還して書いたこの『呉淞クリーク』。ここにおいて決して書いてはならぬもの、それはこの小説を読んだ銃後の国民が「厭戦」や「反戦」の気分に陥るようなことであった。そして代わりに要請されていたのは、「勇敢」かつ「大胆」にお国のために戦う兵士の姿であった。つまり、悲惨な戦争の実相を伝えながら銃後の国民を鼓舞し、さらに国民を戦争へと動員するような内容を持った作品、それが当時の戦争＝兵隊小説に要求されるものであった。『呉淞クリーク』は、まさにその要請に応える作品であった。作中に次のような「とってつけた」ような描写があるが、これなどは当時の作家を取り巻く状況がいかに厳しいものであったかの裏側を垣間見せる。

酒とビールがくばられた。めいめいニュームのコップに少しずつ分け合い、今日までつつがなく私達の体を守ってくれた塹壕《ざんごう》のふちに円陣をつくって乾杯した。口をついて出てくる言葉は、ただ、天皇陛下萬歳、井田隊萬歳の叫びである。あたりは大分うす暗くなっていた。敵弾は例によって頭の上を唸《うな》りながらひっきりなしにとんで行くのである。そのなかで、方々の壕から最後の萬歳の声がひびいてきた。それはほんとうに死を誓い合うものたちの、真実のこもった、あたたかい萬歳の唱和である。

もちろん、作家は意識して当局や時代に阿《おもね》たわけではないだろう。しかし、公表が許されたということ自体が、いくら作家の主観において「事実」や「真実」に基づいて戦争を描いたといっても、それは結果的に戦争に加担するものにすぎなかった。そこには、「大義」のために死ぬことを肯定する時代との蜜月関係はあっても、近代文学の根底を形成する「いかに生きるべきか」が存在していなかった。戦争が終わると、日比野士郎たちの戦争小説が顧みられなくなった理由も、そこにある。

日比野士朗と同じように軍隊において小説家になった上田廣は、一九三七（昭十二）年九月に応召し、入隊前国鉄に勤めていた関係から鉄道隊に配属され、山西省の各地を転戦するが、その従軍中に執筆した処女作と言ってもいい『黄塵』（三八年十一月刊）が評判となり、一九三九（昭一四）年に除隊した後、戦争小説の書き手として専念する。ところが、『黄塵』をはじめ上田廣の作品は、軍隊出身の他のどの作家とも異なっていた。彼の作品は、正面から日本軍の活躍や兵士の生活を描くのではなく、日本軍（兵士）と中国人との関係が作品の中心を形成しているのである。『黄塵』にも、語り手の「私」に絡む柳子超と陳子文という二人の中国人青年と晋翠林という中国人娼婦が登場する。柳も陳もなぜか平気で自国の軍（支那軍）に敵対し、二人は日本軍の一員として同胞に銃を向け、烈しい銃撃戦に参加する。『黄塵』の大半は、この柳と陳が参加する交戦場面に費やされている。しかし、なぜ中国人青年が同胞に銃を向けるのか、そのことについて充分に理解できない。まさか、悪いのは中国政府（国民党・中国共産党）で、正しいのは「五族協和」や「大東亜共栄」などのスローガンを挙げて欧米帝国主義列強からの「アジア解放」を叫ぶ日本帝国主義・軍部だというわけではないのだろうが、ここには中国大陸（アジア）侵略を「正当化」する日本帝国主義の考えが、隠微な形で反映していると考えられる。

つまり、戦中を代表する作家の一人であった上田廣の作品からは、戦争と文学の「もう一つの側面」、すなわち占領地域の住民（中国人）と日本軍との「親しい関係」を小説によって表現する意図が浮かび上がってくるということである。別な言い方をすれば、日本（軍）は全ての中国人を「敵」としていたわけではない、と上田廣の作品は主張していたということである。具体的には、戦争には必ず「宣撫班」というのがあり、占領した地域の人々の抵抗や反抗をなくし、「敵国人」と友好的な関係を作るために、それ相応の方策を施すものであるが、そのようなことに上田廣の小説は加担していたということになる。そのような観点から見ると、上田廣の戦争小説に柳や陳といった中国人青年が登場する意味も説明しやすい。つまり、当局は上田廣の戦争小説を公認することで、「三光作戦」とは別な顔を持った日本軍を宣伝しようとしたとも考えられる。軍律厳しい日本軍に対して、何もかもルーズで厭戦気分に満たされた支那軍という構図を作り出すことで、「親日派中国人」の存在を印象づけようとしたということである。

もちろん、上田廣の内部に中国人に対する親しみの感情がなければ、中国人と日本軍との友好関係を描いた作品は生まれなかったと思われるが、かれの戦争小説はいかに中国軍（支那軍）がだめな軍隊であるかを描き出すのに筆を費やしているようにも見える。例えば『鮑慶郷《パオシンシアン》』（「中央公論」三八年十月号）である。ここでは、中国の農村における若い男女の恋愛を軸に、理不尽な振る舞いをする中国軍と彼らに反感を持つ農民たちの姿が描かれている。日本軍は全くと言っていいほど登場しない。

客室には幾度も母親《ムーチン》が呼ばれるやうであつた。その度《た》びに彼女は酒を運んだ。もつといゝ酒があるだらうとか、あるならいちどきに持つて来て置けとか、相当廻つてゐるらしい高調子は、中庭にまで響いてきた。（中略）

「隊長は我々にまで言つて居られるぞ、皆んなお前の責任だ、どうして言われたことが実行出来ないか理由を云つてみい！」

「言われたことと申しますと……」

「とぼけるな、解《わか》らなければ解るやうにしてやる」

慶郷は思はず立つたが、かたはらになだめ役のゐるのを知つてホッとした。

「なあ主人、なにもそう意地にならんでもよかろう、たつた一ト晩かそこいらぢやないか、それに相手はれつきとした中国の軍人だよ、ちつとも不名誉なことはあるまい、考へやうでは却《かえ》つて名誉ぢやないか、我々も好んで事を荒らだてたくはないんだよ」

背筋を走る不気味なものを感じた慶郷は今更のやうに首を竦《すく》めた。

（傍点原文）

中国兵は酒食だけでなく隊長の夜の相手に娘を提供しろと強要しているのであるが、常識的＝戦後的発想ならこのように横暴な軍隊の振る舞いは直ちに「戦争批判＝反軍」へと結びつくものであるが、上田廣の作品は決してその方向に行かない。ただ、淡々と理不尽な軍隊の要求に困惑する中国の農民たちを描くだけである。この程度の軍隊における「悪事」は、これまで見てきたように日本軍では当たり前のように行われてきたことであるが、上田廣はそのことには全くふれず、ただ中国軍の「悪事」を描くだけであった。

以上のように、戦争＝軍隊小説全体の中で上田廣は異色であったが、日中戦争から太平洋戦争にかけて最も旺盛な作家活動を行った尾崎士郎の『ある従軍部隊』（三九年二月）も、ペン部隊の一側面を体験に基づき小説の形式で書いたという点で、珍しい作品と言うことができる。尾崎士郎は、先にも記したように一九三八（昭一三）年九月十一日（作品では「二十三日」になっている）、久米正雄や川口松太郎、丹羽文雄らと共に「陸軍ペン部隊」として漢口攻略戦に従軍する。この尾崎の参加した「ペン部隊」は、「大名旅行」と陰口を囁かれるほど優遇されたものであったが、『ある従軍部隊』はその「大名旅行」の出発前の内閣情報部における会合に始まって京都を経て福岡から飛行機で上海へ、そして漢口へと至る道程を描いたものである。

……その夜作兵衛（尾崎――引用者注）はめずらしくひとりで長火鉢にもたれて酒を飲んでいた。一年前には彼はC雑誌の特派員として北支の戦線に従軍した経験を持っている。しかしそのときには今度ほどの決心はなかった。一口に言えば絶えず尻ごみしながら戦争の残していった影の中をおそるおそる歩いてきたようなものである。こんどはひとつ死んでやるかな。二十二人出かけていった従軍作家がみんな無事に帰ってきたと聞いたらずいぶんがっかりするやつもいるだろう、――おれもそろそろ年貢のおさめどきだ。野方作兵衛漢口戦の花と散る、どうだい、と彼は口に出して呟きながら、ひとりでゲタゲタ笑いだした。

ここから、戦争が作家たちを襲っていた「ニヒリズム」を読み取ることは、そう難しいことではない。本来なら独自の構想力で「いかに生きるべきか」を描く作家が、自嘲まじりとは言え簡単に「死」を語り、そのことに抗する方策をとらないということは、決して健全な在り方とは思えないからである。そんな「虚無」を道連れに、尾崎の従軍は敢行される。この作品には、尾崎に同行した丹羽文雄、佐藤惣之助、富沢有為男らしき文学者や別行動をとった林芙美子が登場している。「作家の全部がといってもいいくらい漢口攻略戦に従軍することを希望している」状況の中で、選ばれた二十二人となった作家たちは、軍の「下にも置かない」待遇を受け、まさに「大名旅行」に相応しい従軍を行う。

「それはわれわれの態度です、――つまり、何といったらいいか、僕等は今こそ作家としての任務を遂行するという自覚に立ちかえるべきです。誰が漢口に一番乗りをしたかとか、誰がどんな手柄を立てたとかいうことは問題じゃありますまい、例えば、われわれが十人斬りをしなかったとしても少しも恥辱じゃないでしょう。兵隊には兵隊の任務があるし作家には作家の任務がある。僕は作家として立派に生きるということ、つまり文学の魂をもって戦場に入るということが、――」

「そいつは君」

と川村がたしなめるような声で言った。

「君のいうとおりにはちがいないが、もし僕等が漢口に入城しないでかえったら内地のジャーナリズムはどんな批評を浴びせるか知れないよ」

尾崎たちは、ジョニーウオーカーなどの高級ウイスキーを飲みながら、どうしたら「大名旅行」をしている自分たちを正当化できるかの議論をしている場面であるが、これがいかに欺瞞的なものであるかは、これと同時刻に大陸の各地で兵隊たちが不眠不休の戦闘を強いられていたことを考えれば、歴然とする。自分たちは「安全地帯」にいて、自己保身・正当化の便法だけを考える、これが「ペン部隊」の実相だったのかも知れないが、尾崎の筆は、自分を含めたそのような従軍作家の「いい加減さ」「曖昧さ」「卑劣さ」を自ずから暴き出す結果になっていた。ただ、彼らが上海で軍の報道部から渡された「従軍文芸家行動計画表」が、上海、蘇州、杭州の戦跡や武漢の戦跡などの「視察」となっていたことに示されるように、ペン部隊の任務（仕事）は、帰国してから、いかに日本軍が中国大陸において多大な成果を上げているかを、銃後の国民に知らせることであった。高崎隆司の「戦争文学文献目録」（『戦争文学通信』所収　七五年）によれば、ペン部隊に参加した作家の全てがエッセイや小説、詩などでこの時の従軍体験を書き記している。因みに、先の「従軍文芸家行動計画表」には、「目的――主として、武漢攻略戦に於ける陸軍部隊将兵の勇戦奮闘、及び労苦の実相を国民一般に報道すると共に、占領地内建設の状況を報ぜしめ、以て国民の奮起緊張を促し、対支問題の根本解決に資するものとす」と書かれていた。彼らは、「大名旅行」の見返りを見事に果たしたのである。

# 第三章　太平洋戦争下の文学者

## 第一節　丹羽文雄の『海戦』

日中戦争時のペン部隊は、戦争の「実相」＝権力者の意図した側面を銃後の国民に知らせたという意味で、戦争を推進しようとする勢力にとっては「成功」であった。文学者の側も、身を危険にさらすということさえ我慢すれば、当時にあっては破格の待遇で中国各地を「大名旅行」できたのだから、一部の反体制思想（反天皇制思想や社会主義思想、等）や反戦思想を持つ文学者以外は、多くの作家が喜んで従軍を希望するという事態となった。最初のペン部隊に参加した二十二人が誰一人傷付きもせず帰還したことも、この傾向に拍車をかけたと思われる。もちろん、内心では「嫌だ」と思っていた文学者も存在したのだろうが、当時にあって軍と内閣情報局（太平洋戦争の開始にともなって「部」から「局」に格上げされた）の意向に逆らうことは、たちまち生活の糧を奪われることだと知っていた文学者たちは、競って従軍の希望を表明した。

そんな文学界の情勢を確実に把握していた内閣情報局は、太平洋戦争が始まる直前の一九四一（昭一六）年十一月二十一日、二十七名の作家たちに「徴用令」を発した。その後も次々と徴用令は発せられ、多くの文学者が戦地へ赴いていったのだが、第一回の主だった文学者を列記すると、フィリピン方面に石坂洋次郎、北村小松、尾崎士郎、今日出海、火野葦平、上田廣、三木清、蘭印（インドネシアを中心とする地域）方面に武田麟太郎、阿部知二、北原武夫、富沢有為男、大江賢次、浅野晃、マライ・シンガポール方面に石川達三、榊山潤、清水幾太郎、中島健三、井伏鱒二、ビルマ方面に小田嶽夫、高見順、豊田三郎、ニューギニア方面には間宮茂輔、ソロモン海域には丹羽文雄、ということになる。中野重治や村山知義といったプロレタリア文学系の作家や老年に入った文学者をのぞいて、当時活躍していた三〇代から四〇代の少壮の文学者たちのほとんどが動員されている。戦争における彼らの役割が、それだけ重視されていたということだろう。ちなみに、徴用令を受けながら身体検査で胸部疾患の既往症が指摘され戦地に赴かなかった作家に、太宰治と島木健作がいる。

さて、それらの徴用された作家たちが徴用中、あるいは帰還して書き残した夥しい作品であるが、そのほとんどが「戦争協力」的であった。例えば、丹羽文雄の『海戦』（四二年一二月刊、中央公論賞・海軍大臣賞受賞）である。丹羽文雄は、俗に「夏子もの」などと言われた愛欲を描く作家として知られ、特に愛国的な思想（ナショナリズム）を持っていたとは思われないのに、最初にペン部隊が編成された時にもメンバーに選ばれ、漢口攻略戦に従軍するという経験をしている。その時の体験を基に書いたのが、『還らぬ中隊』（三九年三月）である。敵と数十メートルの距離で対峙する部隊に従軍した新聞社の特派員を主人公にしたこの長編は、次々と生じる戦死者と負傷者に寄り添いながら、日本軍の勇敢さと優秀さを喧伝する内容に満ちた作品であった。この作品は、読む者の立場によって戦争の

「虚しさ」や「やりきれなさ」を感じさせるものであったが、それから三年、今度は海軍報道班員として丹羽文雄は徴用され、南太平洋に展開する艦船に乗り組み、ソロモン海戦を体験する。この時丹羽は、米軍の艦船から放たれた砲弾によって、右上膊部に全治二カ月の傷を負う。

『海戦』は、戦史上、太平洋戦争全体の帰趨を決したと言われるミッドウエー海戦（一九四二年六月）後の、南太平洋ソロモン諸島における米英軍との攻防戦を描いたものである。ソロモン海戦は、一九四二（昭一七）年八月から十一月まで三回にわたって行われるが、丹羽が従軍したのは第一次ソロモン海戦と言われる八月八日〜九日の戦いである。雌雄を決するミッドウエー海戦で連合艦隊の主力空母を失った日本海軍が、米英軍が終結するソロモン海ツラギに夜戦を仕掛け、大きな成果を上げたときの戦いである。私小説方法でしか書けないこの種の作品らしく、『海戦』は慌ただしく夜戦に出発する第八艦隊に丹羽が乗船するところから始まる。この作品の第一の特徴は、丹羽のどんな時でも変わらない（ように見える）「平常心」によって書かれている点にある。

軍艦にのりこんだら最後、死生は個人の意志のままにならない運命をまえにして、いま一度志田や箕輪の顔が見ておきたかつた。（中略）舷梯《げんてい》の格子板を踏んだ。そのとき私の運命は決定した。舷梯の階段を一つ一つふんで上つていくとき、自分の気持が宿舎にいるときと少しも違つていないのに気がついた。ちよつとどこかに出かけるといつた心の軽さであつた。期待していた昂奮《こうふん》もおぼえなかつた。あまり何でもない平静な心境なので、これでよいものかと疑つた。功名心に燃えることもなく、危険をおかしにいくのだという強がりも覚えなかつた。私は海戦というものをどう解釈していいのか、その心がまえが出来ていないせいかとも思つた。己の生命を全《まつと》うすることはもはや不可能であり、生命の与奪《よだつ》は艦の運命に思いきりよくあずけてしまつたのだということは自分にも判つていた。が空《むな》しくなったそんな己の存在がとくに鮮明に心にうかんで来ないのはどうしてだろうか。何か曖昧《あいまい》であつた。

丹羽は、正直におのれの心境を告白していると言っていいだろう。かつて小林秀雄は、ある雑誌社から戦争に対する覚悟を問われた時、「銃をとらねばならぬ時が来たら、喜んで国の為に死ぬであらう。僕にはこれ以上の覚悟が考へられないし、又必要だとも思はない。一体文学者として銃をとるなどといふ事がそもそも意味をなさない。誰だつて戦ふ時は兵の身分で戦ふのである。」（「戦争について」三七年十一月）と答えたが、日中戦争＝支那事変以後の事態に対して「僕は政治的には無智な一国民として事変に処した。黙って処した」（「近代文学」四六年二月号）とする小林秀雄とは全く異なる態度＝覚悟で、丹羽文雄は戦争に処したということになる。つまり、丹羽文雄は戦争に参加＝従軍したが、それは「一兵卒」という立場ではなく、あくまでも「報道班員＝作家」としてであった、ということである。戦争において「機械＝ロボット・奴隷」としての兵士が必要なのと同じように、当時の作家は戦場の模様を銃後の国民に報せる有用な「道具＝奴隷」として必要だったと言える。

丹羽文雄が「海軍報道班員」でありながら、数カ月前に連合艦隊が致命的な打撃を受けたミッドウエー海戦のことには一切触れず、ただひたすら夜戦で勝利した第一次ソロモン海戦について、乗り込んだ軍艦の士官や兵士たちの様子まで微に入り細にわたって書き綴っているのも、軍部・情報局の意のままに「道具」としての作家に徹していたからと考えられる。だから、記録文学でありながら、戦争をその全体でなく、一面的・情緒的・微視的にしかとらえることができなかったのだろう。この頃から軍部が国民に告げる大本営発表は、敗北の事実を隠蔽して「虚偽の戦果」を伝えるものになっていたが、結果的に丹羽の『海戦』もそのような大本営発表に近いものだった。読者＝銃後の国民を「欺き」、鼓舞するものであった、と言い換えることもできる。作家が戦争において要求されているものに対して、丹羽は十分に自覚的だったのである。

夜戦に向かう艦船に乗り組んだ丹羽は、しばらくすると上空を飛ぶ海軍航空隊の大編隊を見ることになるが、その時「こんなのを見ていると、泪が出てくる」と率直に語る水雷長から、「書いて下さいよ。この気持を是非書いて下さい」と言われ、「ええ、書きますよ、書きます」と胸をつまらせながら答えたことを、記している。そして、丹羽が書いたのは、勇壮果敢で「強い」日本軍であり、御国のために戦う兵士の姿であった。丹羽はこの『海戦』や先の『還らぬ中隊』などを書いたことにより、つまり火野葦平や上田廣などと同じように積極的に「戦争協力」を行ったということで戦後「仮追放」（戦後占領軍は、指導的立場で戦争を推進した者や協力者たちを公の場から「追放」するが、「仮追放」はそれに準じる処置であった）となるが、戦争を自己の感覚で一面的に捉えることで銃後の国民を情緒的に戦争へと駆りたてたという意味では、仕方のない「処分」であったと言えるだろう。

ある一室をのぞくと、線香がもえていた。二、三十本の小さい火から濃い白い煙をあげていた。清潔な部屋に戦死者が安置されていた。私は立ったまま合掌した。目をつむり頭を垂れた。彼らは死のそばに偉大なものをおいていた。一種の威厳と、静かな誇りを示していた。死はだれもがもっているが、私はこうした思いで死に接したことがなかった。私はじっとしていた。この感情をどうあらわしてよいか判らなかった。両手を合わせようなだれていると、私の胸の底からかすかなメロディーがなりひびいてくるようであった。遠くからの底力のあるひびきであった。(中略)私の胸はすみ切った音色があふれてきた。だんだんとそれがまとまり、「海ゆかば」のメロディーにかわった。もり上ってくる合唱の力強いひびきとなった。私の全身の神経は結びめの一点に集中された。一点に集中されたところで鳴りひびくようであった。私の頭は鳴りながら澄んでいった。みしみしと縛りつけるような静寂が感じられた。みしみしと鳴ることももはや静寂の一部となり、「海ゆかば」はその、静寂の中からもりあがってきた。

負傷した右手上膊部を庇《かば》いながらの戦死者への黙禱、ここにあるのは、海軍の戦死者を送る「海ゆかば」に収斂《しゅうれん》する自分の感情に対する正直な告白である。たぶん、この場面は「事実」だったのだろう。しかし、海戦で戦死したから「海ゆかば」のメロディーが胸内にわき起こるという短絡的な貧しい発想に対する反省、あるいはそのような発想をする自分だからこそ海軍が徴用したのではないかという想像力が、ここには全くない。さらに言えば、「御国のために」死んだ兵士への追悼の感情はあっても、白木の箱に入ったその戦死者を迎えなければならない家族への思い(想像力)も、ここに見つけることができない。あるのは、国家(軍部・政府)と一体になった従軍作家の感傷だけである。

丹羽には、『海戦』と同じ時期に書いた『報道班員の手記』(四三年四月刊)という、同行した他の報道班員を中傷した部分があるという理由で発禁処分を受けたルポルタージュがあるが、報道班員同士の確執や諍いを描いたこの記録文学風の作品は、自らの感情（情緒）でしか戦争をとらえることができなかった丹羽の特徴をよく表している。

## 第二節　井伏鱒二『花の街』と武田麟太郎『ジャワ更紗』

田中艸太郎の『火野葦平論』（七一年九月　五月書房刊）は、戦後の文芸批評をリードした一人平野謙によって「最もすぐれた作家論」と折り紙をつけられたものであるが、その中で火野葦平のような作家でさえ、戦争について「自由に書けなかった」事実を火野から打ち明けられたことを記している。一見「事実」に基づいてありのままを書いているように見えた「戦争文学」における制限内容（自由に書けなかったこと）とは、

①日本軍が負けていることを書いてはいけない。
②戦争において必然的に伴う罪悪行為に触れてはならない。
③敵は憎々しくいやらしく書かねばならない。
④作戦の全貌を書いてはならない。
⑤部隊の編成と部隊名を書いてはならない。
⑥軍人の人間としての側面を表現してはならない。

の六カ条にわたるものであったという。

そういえば思い当たることが、多々ある。前節で触れた丹羽文雄の『海戦』で、日本海軍が大敗したミッドウエー海戦について一言も書かれていないこと、あるいは夜戦に出かける艦隊の基地はどこなのか、全く記述されていない点、さらにはその基地のある島の住民（現地人）の様子について、等々、記録文学として『海戦』は、おかしな点をいくつか持っていた。戦争を書くということは、つまりそのような制限を自分に課した上での行為だったのである。戦後、文学者の「戦争協力」が糾弾されたのも、戦争文学の書き手たちがそのような制限を承知で、時流に迎合して、あるいは積極的に銃後の国民を戦争へと駆りたて、鼓舞し、欺くような作品を書いたからに他ならなかった。

それはともかく、先に記した一九四一（昭一六）年十一月二十一日に発せられた軍当局の徴用令によって駆り出された二十七名の文学者の一人井伏鱒二の『花の街』（後「花の町」と改題　四三年十二月刊）は、果たしてこれが「戦争文学」かと思われるほど奇妙な作品であった。「東京日日新聞」と「大阪毎日新聞」の一九四二（昭一七）年八月一七日から一〇月七日まで連載されたこの小説は、徴用されて赴任したシンガポール（当時は昭南市）で、日本軍の宣伝班が作った昭南タイムス社に井伏が勤めていた時のことを素材としている。『山椒魚』（二九年）や『さざなみ軍記』（三〇年）、『ジョン万次郎漂流記』（三七年）等の作品で知られる井伏鱒二のこの作品が奇妙と言うのは、すでに戦闘が終わった占領地区での生活を描いたからなのか、生々しい戦争に伴う諸々や軍隊のことが全くと言っていいほど出てこず、描かれているのは、いかにものんびりした南国の風景と人々の生活だけだからであろうか。もちろん、占領地であるから日本の兵隊も登場するが、それは傷病から癒えて街を散歩する兵士でしかない。

この昭南市で一ばん大きな建物をカセイ・ビルといふ。（中略）今は日本軍の宣伝班の事務所になつてゐる。

正面入口の両側に宣伝班の目じるしを染めた巨大なボールドが壁にとりつけてある。ゴシックの書体で「宣」といふ字を日の丸のなかに青い色で書いたしるしである。宣伝班の班員はみんなこれと同じしるしの徽章《きしょう》を胸につけてゐる。それは大型の懐中時計ぐらゐの大きさである。しかも赤と青の派手な色なので、たいてい通りすがりの苦力《クーリー》も車夫もこれを見逃さない。（中略）現地人はただ日の丸に「宣」の字を、マルセンと読むのだと誰かに教へられたと見え、この徽章をつけてゐる宣伝班員をマルセンのトアンと呼ぶやうになつた。さうしてトアンといふマライ語は日本語で旦那といふ意味だと誰かにまた教へられたと見え、間もなく彼らは「マルセンの旦那」と日本語で呼ぶやうになつた。

（「マルセンの旦那」）

『花の街』は、「マルセンの旦那」「五十五番館」「緑陰」「ベン・リヨンの家」「ジャランジャラン」「善隣協会」の六つの章から成っているが、全編この引用のような書き方で、戦争と関係することを書いているように見せながら、主題は微妙にずらされ、いつの間にか遙か遠景に退けられているという具合になっている。それは、確かに主人公（木山喜代三・井伏自身）は客観的には占領軍（支配者）の立場に立つ人間の一人でありながら、作品の中では毛ほどもその素振りを見せないことによく表れている。これは井伏自身の性格から来るものかも知れないが、ふらりと寄った街中の骨董店とその周囲の人々と主人公とのユーモラスで切ない関係を描くことに、この小説は終始しているのである。

「えらい人」ではなく、庶民の哀歓をユーモラスに描くことを特徴としている井伏の作風は、英語（を直訳した日本語）を使った次のような会話にいかんなく発揮されている。


老人（骨董店主人）は店の戸口に出て、そこから隣のうちのドアに向つて声をかけた。

「リヨン、ああ。リヨン、ああ。」

それから支那《しな》語で何やら大きな声でいひ、店のなかに引返して英語でいつた。

「ただいま自分は隣のドアの少年ベン・リヨンに、お茶を持つて来てもらひたいと依願の声をかけたのであつた。自分は轗軻《かんか》孤独の身の上で、お茶をわかすのも億劫《おつくう》なときがある。最近は何かにつけて隣のドアの厄介《やつかい》になる習慣がついて来た。」

木山はお茶の接待など受けたくなかつたので辞退した。

「自分は貴方の親切に対して甚《はなは》だ感謝する。しかし自分はいまお茶を必要としてゐない。自分の希望をいへば、この硝子《ガラス》ケースのなかにある巻紙のやうなものを見せて頂きたい。」

「左様《さよう》、貴官のその御所望《ごしよもう》を、自分は決して等閑《とうかん》に附してゐたのではない。」

老人は硝子ケースから筑紫《ちくし》切れをとり出して、それをケースの上に拡げて説明した。

「私は重ねて言ふ。これは巻紙ではない。日本より招来されたる古代日本の経文《きようもん》である。この文字の筆致から見れば、これは穂先の短い筆を使つて書いたものと思はれる。」

全編にこのような会話が続いているのである。ただ、作中に井伏本人が後に勤めることになる「昭南日本学園」の校長神田幸太郎（作詞家・神保光太郎がモデル）が度々登場するのは、日本の占領地＝植民地経営の一端を伝えていて、興味をひかれる。太平洋戦争の後半一九四三（昭一八）年六月と四四年六月の二回、日本政府＝大東亜省は「南方特別留学生」という形で、ビルマやジャワ、スマトラ、マライなどの占領地域から、将来の指導者を育成する目的で日本語の試験を通過した者を日本国内に留学させたが、神保光太郎の日本語学校は彼らたちを教育する目的で設立されたものであった。彼らは、日本に到着した後、さらに日本語の研修や日本での生活のことを学んで全国各地の大学に分散留学させられたのであるが、日本の指導下による「将来のエリート」を目指した現地での日本語習得熱は、驚くべきものがあったという。『花の街』にも、昭南日本学園の講習生四〇名募集に応じて三〇倍の一二〇〇人が押しかけたという記述がある。このことから『花の街』は、結果的に当時の占領地＝植民地政策を是認する作品であったとも言えるが、この作品の新聞連載に先立つ次のような予告記事「作者の言葉」こそ、この作品の性質をよく表している。

昭南市はいま非常に平和である。非常によく治まつている。嘘ではないかと思はれるほどに平和である。（これはもつたいないほど平和ではないか）街を歩いてゐても、宿舎にゐても、私の念頭から去らないのはこの一事である。しかしこの平和の街にも不幸な人もあり、また幸福を感じてゐる人もあらう。それはいふまでもないことである。

私はこの市内における或る長屋の或る一家族の動きを丹念に描写して、疑ひなくこの街の平和を信ずる市民のあることを知る一つの資料としたいのである。

なお、井伏鱒二には、一九四一（昭一六）年十一月二十二日から翌年三月十九日に至る『南航大概記』と後に題された「日記」があり、そこでは徴用された作家がどのような経路で戦地（＝占領地・昭南市）に赴いたのかが詳細に記述されている。

左翼経験があり、転向後も日本浪漫派の「詩精神《ロマンチシズム》」に対抗して「散文精神」を掲げた『人民文庫』を創刊して（一九三六年三月）抵抗の姿勢を持ち続けていた武田麟太郎も、日中戦争から太平洋戦争へと戦争が拡大深刻化する情勢の中で、先に記したように井伏鱒二たちと同じように一九四一（昭一六）年十一月二十一日徴用令を受け、報道班員（宣伝班）として第十六軍とともにジャワ島に赴く。ジャワ島は一九四二年三月一〇日、日本軍の手に落ちる。日本軍は当初オランダの植民地であった蘭印（インドネシア）の「独立」を促すという名目＝建前を掲げ、インドネシアに侵攻した。そのため、実際は違っていたのだが、日本軍は現地の人々からは一面で「解放軍」として迎えられるということもあった。武田たち報道班員が内心とは別に、外見的には「快適」な日々を過ごしているように見えたのも、オランダよりも日本軍の方が占領地＝植民地政策が巧妙だったからに他ならない。もちろん、先の井伏鱒二が戦後になって「徴用中のこと」（七七年九月〜八〇年一月）の中で昭南市における反日分子の摘発と粛清（虐殺）の模様を、「粛清の始まる前の状況のうち、私の記憶に残つてゐるのは、何千人もの華僑《かきよう》が広場に終結してゐる光景である。私は昭南タイムズ社へ通勤の行き帰りに、ところどころの広場でそれを見た。そこに三千人、あそこに二千人にといふやうに集結させられてゐた」とさりげなく書いたように、ジャワ島でも同様な「粛清」を徹底して行ったが故に、武田たちは「平和」なジャワ島生活を送ることができたのである。

マレー半島における日本軍の残虐行為を調査した中島みちの『日中戦争いまだ終らず――マレー「虐殺」の謎』（九一年七月）の「第二章　シンガポール粛清事件」によれば、シンガポールで犠牲になった華僑は千人という説や一〇万人という説があり、二万人弱というのが正確に近い数字のようである。当然、マレー半島やシンガポールで行われた現地人（華僑や反日分子）の掃討・粛清は、当然東南アジア全域で行われた。ジャワ島も例外ではなかったと思われる。

そんなジャワ島での武田の生活は、なかなか帰還命令が下りなかったため、一九四四（昭一九）年一月まで、およそ二年近く続いた。この間、本土の雑誌から小説執筆の依頼が何度かあったようであるが、武田は一切小説は書かなかった。雑誌社や新聞社から頼まれて従軍したり、軍や内閣情報部からの命令で従軍した作家たちが、気安くその体験を基に小説を書いているのを苦々しく思っていた武田は、戦争の小説は一切書かないと心に決めていたようである。とは言え、エッセイは書いた。その代表がジャワに関する十一のエッセイを集めた『ジャワ更紗』（四四年）である。このエッセイ集は全体としてインドネシアに関する偏見・誤解・誤った認識を正す目的を裡に秘めたものであったが、次のような「奴隷の言葉＝時代の風潮に迎合した言葉」もまた書き記していた。

昭和十八年の秋のこと、ある国民学校の授業を参観した。一つの学級で、二宮金次郎がかなしむ母のために、そとに預けた末の弟を連れ戻す條を読んでゐた。もう漢字もかなり出来る教室らしく、先生が黒板に書き抜いた漢字を説明する。末の弟と云うところで、この末は前にも出たことがあるが、おぼえてゐるかと、質問された。インドネシアの少年少女たちは、ハイハイと元気よく手をあげる。ストモ君と名指された男生徒が起立して、第一課で教はりましたと云ふ。先生はよし、どう云う風に出てゐたかと、重ねてたづねた。ストモ君は、ハイ、神の御末の、そこまで云って口調をあらため、気をつけと、厳粛に号令をかけた。教室全部がさつと姿勢を正しくした。

「神の御末の、天皇陛下、とありました」

不動の姿勢をとったジャワの少年は、小麦色の頰を引き緊めて、はつきりと答へた。自分は彼のずうつとうしろに立ちながら、云いようのない感動に打たれ、胸奥からこみ上げ溢れて来る涙を禁じ得なかつた。ありがたかつた。唯もう光被《ひかりひ》する大御稜威《おおみつい》のほどが畏《かしこ》くもありがたかつた。（傍点原文）

占領地＝植民地に「国民学校」（一九四一年四月からそれまでの尋常小学校は「国民学校」と名称を変え、戦時体制を徹底させた）を設立し、そこで「日本語」による教育を行うことが占領状態を恒久化することであり、武田自身が密かに期待していた「インドネシア独立」とは正反対の政策であったにもかかわらず、そこにおける「天皇制教育」を容認するような記述を手離しで行ってしまった武田、このような叙述を「奴隷の言葉」というのだが、そのことに武田は無自覚だったと思われる。もっとも、同じ『ジャワ更紗』の中に次のような「反体制・反軍」的な文章も同時に収められているのだが。

大戦争遂行のため軍需資源の確保の必要はもとよりだが、だが（ママ）、単に物資のために、聖戦があるのではないと云ふ厳粛な事実は忘れようとしても忘れられない。しかし、この有名な事業家の話によれば、毛唐《けとう》たちが強盗的に東洋を犯してゐたのを継承し、その巧妙な（?）植民地政策を模範として行きたいやうな口振りであった。八紘為宇《はっこういちう》、アジアの眼ざめとかその解放なぞの大理想はどこにあるのかとあやしまれた。

## 第三節　女性作家たちの「聖戦」——戦時下の林芙美子・吉屋信子・佐多稲子ほか

満州事変に始まる「十五年戦争」は、資源弱小国の日本に必然的に総動員体制を強いた。「虚業」に生きる作家・文化人も例外でなかったことは、これまで見てきたように「ペン部隊」の編成や大量の「徴用作家」が証明しているが、この時、戦争という本質的に男性中心の「暴力」に例外的な形で女性作家も動員された。この女性作家たちの戦争への動員は、まさにこの戦争が総動員体制であり、「銃後の守り」の中心であった女性の存在を意識したものであったとしか考えられない。夫を、父を、息子を、兄弟を戦場に送り出している女性に向けて、女性（作家）が兵隊たちの活躍を報告する、これこそ「天皇の赤子」を「生めよ増やせよ」のスローガンに呼号する＝戦争に協力する有効な方法であった。

もちろん、国を挙げての総動員体制に全ての女性作家が賛同したわけではない。しかし、一九三七（昭一二）に開始された日中戦争に際して結成されたペン部隊には、二十二名中二人の女性作家がいた。林芙美子と吉屋信子である。二人がなぜ選ばれたか。それは、二人がすでにその時までに従軍体験があったからに他ならない。林芙美子は、このペン部隊での漢口攻略戦派遣以前に、前年十二月の南京陥落に際し毎日新聞の特派員として従軍経験を持っていた。ちなみに、彼女は満州事変直前の一九三〇年八月に、ベストセラーとなった『放浪記』（三〇年七月）の印税で一カ月間満州・中国を旅行している。また、吉屋信子は、日中戦争勃発に際して毎日新聞社友として北支へ慰問に出かけている。ペン部隊は、経験者を選んで派遣されたのである。しかし、それは単に経験があったからではなかった。ペン部隊の結成に際して菊池寛の肝いりで最初に内閣情報部に集められたのは、当の菊池寛をはじめ、尾崎士郎、横光利一、小島政二郎、久米正雄、片岡鉄平、吉川英治、丹羽文雄、佐藤春夫、北村小松、白井喬二、吉屋信子で、『富士に立つ影』（二五〜二七年・全八巻）等で国民的な人気を博していた時代小説の第一人者白井喬二の証言（「従軍作家より国民に捧ぐ」三八年十一月）によれば、次のような内閣情報部の言葉に「われわれは一斉に感動した」という。

従軍が御希望ならば、陸海軍部と協力して充分便宜《べんぎ》な方法を講じよう。まず二十名ぐらゐまでは引き受ける用意がある。しかし、従軍したからとて決して物を書けの、かくせよのといふ注文は一切考へてゐない。全く、無条件だ。もちろん国家としてはかかる重大時局に際し正しい認識が文筆家一般に浸滲することは望む所であり、またそれが当然だとは思ふ。けれども、戦争の現場を見たからとて、何もすぐ戦争文学が生まれるはずのものではないではないか。十年後に筆を染めようと、二十年後に作品を発表しようとそんな事は一切自由だ。ただ、なによりも諸子の目で、心臓で、この世紀の一大事実であるところの近代戦争の姿を見極めてこられてはどうであらう。

このような「甘言」というか、「鷹揚《おうよう》」な情報部・陸海軍の態度に「感動した」作家たちは、誰もが拒絶することなく従軍に賛意を表し、陸軍班海軍班に分かれて中国戦線に出かけていったのである。ここでこの時の作家たちの心情を推測すれば、「御国のため」という建前を前面に押し立て、「佐官級の待遇」で戦地とは言え海外旅行ができる機会を得た自分たちに、何の疑問を抱くことはなかったのだろう。現在とは違って、海外旅行に莫大な金がかかった時代である。選ばれて外国へ出ていく「エリート」意識を持ったかも知れない。特に、自らの悪戦苦闘した半生を綴った『放浪記』で一躍流行作家になった林芙美子、あるいは『良人の貞操』(三七年)で当時の女性から圧倒的な支持を得ていた吉屋信子にしてみれば、選ばれて戦地に行くことは当局=世間から「当代随一」の折り紙をつけられた思いもしたのではないか、とも思われる。ペン部隊が結成される約一年前、『主婦の友』の特派員として日本人居留民が大量に虐殺された「通州事件」(三七年七月二八～二九日・中国への敵愾心を煽るために国内で大々的に宣伝された)の一カ月後に当地を訪れた吉屋信子など、案内された日本旅館近水楼で次のような経験をしたにもかかわらず、である。

瞬間ではあるが、私の視線に入つたのは、押入内から、柱と壁にかけての、黒ずんだ血しぶき、床板の点々たる血痕——畳はすでに、はがれてゐるのに、なほそれだけの血の跡がありとすれば、畳の上はどんなだつたか——私は、いきなり、横手の廊下に逃げ出した。そして皆が廊下に戻るのを、一人で待つた。〃あすこが、女中部屋でした〃と、誰れかが教へてくれたので、再び烈しく身内がをののいた。ああ、今の刹那《せつな》見た血しぶきは、みなここの女中さん数人の血だつたのか！　私は思はず合掌した。

（『戦禍の北支上海を行く』三七年一二月）

もっとも、このすぐ後「か弱い女性に、武器を持つて、あらゆる暴力、悪虐非道残忍の行為をほしいままにし、地獄の責苦のころし方をした、冀東《きとう》政府保安隊よ、汝等《なんじら》人類の敵、地球上の男性中の最悪劣等卑劣、獣類に半ばする彼等」と、中国側冀察《きさつ》政権保安隊の残虐ぶりに怒りを表明しているが、日本軍の満州事変以来の「三光作戦」のことを少しでも知っていれば、あるいはこの通州事件の一年後に起こった南京大虐殺のことを考えれば、戦争という出来事が必然的に引き起こす無辜の民への暴力に、吉屋信子も想像力を働かせることができたのではないかと思われる。同胞が敵に虐殺されたことへの憤りはわからなくはないが、そのことに対して直情的（心情的）に反応し、結果国民の間に蔓延する「愛国心」＝ナショナリズムを煽るというのは、いかにも流行（通俗）作家らしい対応だと思わざるを得ない。その意味では、軍部と結託した内閣情報部およびその意を汲んだ菊池寛は「適任者」を選んだ、と言えるだろう。

その後吉屋信子は、太平洋戦争直前の一九四一（昭一六）年に蘭印《らんいん》ジャワを旅行するというようなことがあったが、具体的な形で戦争に協力＝従軍するというようなことはなかった。それに対して林芙美子の場合、ボヘミアン的性格があいまったのか、一九四〇（昭一五）年一月には北満旅行、十一月には朝鮮各地を講演旅行し、翌一九四一（昭一六）年九月には朝日新聞社から戦地慰問に派遣され満州各地を歴訪し、さらには翌四十二年六月には徴用報道班員として南方各地に赴くという履歴を持つ。国民的人気の『放浪記』の作家として、各地で彼女は歓迎されたようであるが、マスコミや軍部が彼女を「利用価値のある作家」と見なしていたであろうことは、次のような文章によって明らかである。

戦線は苦しく残酷な場面もありますが、また実に堂々とした切ないほど美しい場面も豊富にあるのです。私は、或る部落を通る時に、抗戦してくる支那兵を捕へた兵隊のこんな対話をきいたことがあります。『いつそ火あぶりにしてやりたいくらゐだ』『馬鹿、日本男子らしく一刀のもとに斬り捨てろ、それでなかつたら銃殺だ』『いや、俺は田家鎮であいつの死んでいつた姿を考へると、胸くそが悪くてしやくにさはるんだ』『まあいい、一刀のもとに男らしくやれッ』捕へられた中国兵は実に堂々と一刀のもとに、何の苦悶もなくさつと逝《い》つてしまひました。私は、この兵隊の対話を、どつちもうなづける気持できいたのです。こんなことは少しも残酷なことだとは思ひません。あなたはどんなにお考へになりますか、かういふ純粋な兵隊の心理も解つていただきたくおもひます。

（『戦線』三八年十二月）

林芙美子は、捕虜の虐殺が国際法違反であることを知らなかったのだろうが、このような「報復主義」が戦争を生み出す一つの原因であることに、彼女の想像力は全く届いていない。あるのは、このような「残酷な場面」を「美しい」と感じるファナチィックな感覚だけである。このような林芙美子の戦地訪問記＝従軍記こそ「俗情との結託」（大西巨人）の結果であったと言うのだろうが、男性作家も内心怯えながらの最前線訪問を単独で行ってしまう林芙美子の精神は、本当にどうなっていたのだろうか。この『戦線』は、ペン部隊の一員として武漢攻略戦に従軍したときのものであるが（他にもう一つ同じ体験を基にした『北岸部隊』三九年一月がある）、「南京大虐殺」もこのような林芙美子の心情と同じものを背景に行われたとしたら、改めて戦争の悲惨さを痛感せざるを得ない。

さて、林芙美子と吉屋信子が日中戦争時に「活躍」した女性作家とするならば、佐多稲子は太平洋戦争時において最も「活躍」した作家と言うことができる。佐多稲子と言えば、宮本百合子や平林たい子と並んでプロレタリア文学を代表する女性作家であった。その佐多稲子が、新聞や雑誌の特派員としてではあるが、戦地に取材旅行をしたり「慰問」に出かける、これは人間の全的解放を願ったプロレタリア文学運動からの「転向」どころではなく、一八〇度の「回心」であった。佐多稲子の場合、権力による強制的な思想転換＝転向ではなく、生活を守るための転向だったようであるが、処女作の『キャラメル工場から』（二八年二月）や東京モスリン工場の争議に取材した『幹部女工の涙』（三一年）を始めとする『恐怖』（三二年）などの五部作、転向文学の時代における長編の『くれなゐ』（三八年）などによって文名を高め、当代文学の第一線で活躍していた佐多稲子の「転向＝大転換」について、どのように考えればいいのか。

プロレタリア作家佐多稲子の「転換」は、まず日中戦争後一年を経て書かれたエッセイ『平和産業から戦時体制へ』（三八年七月）の次のような言葉に示されている。

出征兵士への私たちの感謝の気持は深まるばかりだ。遺家族《いかぞく》を思ふ気持にも迫るものがある。町内では出征兵士の歓送に対して、酒肴《しゅこう》を出すことと及び礼状を出すことを省くといふ申合せをし、それを一般に通達した。それは既に今日では兵の出征に際して儀礼的なものを排したことだつた。それだけ真剣なものがある。私たちはいよいよ心と心を通じ合はせねばならぬときに遭遇してゐる。（中略）戦線の労苦といふものは、かうして筆に書くことさへはづかしくなるほどのものである。私たちが座敷に座つてゐて、何をか言はう。

こうした言葉からは、佐多稲子が侵略戦争（満州事変から日中戦争）の意味を全く理解していないことがわかる。「戦線の労苦」と銃後の生活とを単純に比較して、出征兵士に感謝の意を捧げる、これがかつて「革命＝変革」を志向したプロレタリア作家の文章かと思うと情けなくなるが、佐多の「転換」はこれに止まらず、一九四〇年になると六月、七月と朝鮮総督府鉄道局の招待で「植民地」朝鮮の各地を旅行し、翌一九四一年六月には「満州日々新聞」の招きで、永井龍男らと「傀儡《かいらい》政権・満州国」の各地を廻り、次第に戦時体制への協力度を強めていくことになる。

そして、同年九月、今度は「朝日新聞」の戦地慰問団として満州各地を廻ることになる。九月一七日付「朝日新聞」は、「国境の勇士を慰問　本社の銃後文芸奉公隊出発　十周年記念に沸く満州へ」の見出しを付けた記事と、福山関東軍報道部長の「最近銃後婦人の責務の重大さが叫ばれてゐる時に今回来満の一行に三名の婦人文芸家が加えられてゐることは意義のあることと思ふ。一行によつて建国十年ありのままの満州国の姿、まさに酷寒《こつかん》到らんとする国境前線にあつて日夜警備の重責に任じてゐる皇軍兵士の労苦の一端でも銃後に伝へられるならば、時節柄誠に欣喜《きんき》これに過ぎるものはない」の談話を発表する。この時佐多と同行した作家は、林芙美子、大田洋子、大佛次郎、横山隆一（漫画家）である。

一度堰《せき》が切れると、後は止めどなく水は流れる。佐多稲子は、満州から帰国した翌一九四二（昭一七）年になると、三月から四月にかけて豊島与志雄らと「植民地・台湾」へ文芸講演会に出かけ、五月になると新潮社の戦時同調雑誌『日の出』の特派員として同じく女性作家の真杉静枝と戦地慰問のため中国に赴く。蘇州、杭州、上海、漢口の戦跡を見学したり、陸軍病院や孤児院、捕虜収容所を慰問し、なおかつ宜昌の最前線まで出かけている。資本主義体制のくびきに苦しめられている民衆の解放を夢見ていた思想が、戦時下では前線で戦いを続けている兵士＝民衆の「慰問」という形にすり替えられた、と言い換えればいいだろうか。プロレタリア作家であった佐多稲子にしてみれば、多少の抵抗はあったとしても、「民衆への思い」という視座に変更がない以上、プロレタリア解放も兵士慰問も同じことだったのかも知れない。この時の慰問報告「最前線の人々」は、まさに佐多が「民衆＝兵士」に身を寄せたところに成った文章と言うことができる。

名残《なご》り惜しい、ほんたうに名残り惜しい、せめてもう一日この山にゐたい、と思ふのだけど、私たちは出発しなければならない。馬に乗つて、みなさんにお別れする。小隊長の方々も並んで見送つてくださる。馬の上から手を振る私たちの姿が見えなくなるまで、中隊長は身動きもせず立つてゐられた。ふと、おーい、と呼ぶ声が明けきらぬ山阿火の谷を伝はつてきた。あゝ、誰か呼んでゐる、と思つて振り返つたとたんに、私はぐつとこみ上げてきて、もう人の姿ははつきり見えぬ山へ対《むか》つて手を振つたけれど、こみ上げてきた感情はとゞめあへず、涙は嗚咽になつてせき上げてきた。

私はしやんと馬の背に立つたまゝ蹄《ひづめ》の音のまゝに身体を揺られながら、せき上げる泣き声をハンカチに押へて進んだ。

敵が目の前に見えるほどの最前線宜昌を慰問した折の報告である。佐多稲子の涙は誰を思って流されたのか。「御国のために」そこで戦っている兵士をか、それとも彼等を銃後で支える母や妻、姉妹を思ってか。たぶん両方だったろうと思うが、はっきりしているのは銃を構えて向き合っている中国兵やその家族を対してではなく、ましてや悲惨な戦争を思ってではなかったことである。この後、佐多稲子は同じ年の一〇月末から翌年四月まで陸軍報道部から派遣されて（徴用と同じ）、今度はシンガポール、ジャワ、スマトラ方面の占領地へ慰問に出かけている。この時は、朝日新聞や毎日新聞、中央公論等の編集長らと一緒で、林芙美子、小山いと子、美川きよ、水木洋子の女性作家が同行していた。止めどなく、作家として佐多稲子は戦争に協力していったのである。銃を取らない代わりに、筆で「聖戦」を戦おうとしたのだろうか。

なお、林芙美子にしても、吉屋信子、佐多稲子にしても、それぞれ戦後「全集」が刊行されているが、林芙美子の『北岸部隊』をのぞいて、三人とも戦時下に書いた夥しいエッセイや小説、従軍記のほとんどが収録されていない。後ろめたさがあったからだろうか。

## 第四節　文学者の戦争全面協力——『辻小説集』『辻詩集』

緒戦の勝利から一転して各地で敗北・後退を余儀なくされるようになった一九四二（昭一七）年五月二十六日、日本文学報国会が情報局第五部第三課の指導によって結成される。その目的とするところは、国家の要請に従って国策（戦争を中心とする）を周知徹底、宣伝普及に挺身し、その施行実践に協力することにあった。会長は徳富蘇峰、常任理事に久米正雄、中村武羅夫の二人、理事は佐藤春夫、長与善郎、吉川英治ら十六人、一九四三（昭一八）年三月一〇日現在の「昭和一八年度　会員名簿」によると、宮本百合子、中野重治といったプロレタリア文学を代表する作家たちも会員になっている。

発会式は六月十八日に日比谷公会堂で行われ、多くの文学者が参列する中、吉川英治により「文学者報道班員に対する感謝決議」が読み上げられ、情報局総裁であった東条英機首相から「祝辞」が寄せられた。

遙《はるか》に告ぐ

前線陸海軍の諸陣地に筆に載せて文化徴用の命を奉じ、夙《つと》に文学報国の実を揚げ北天南荒の下、なほ其任にある我等の同僚、筆硯《ひつけん》の塹壕を共にする日本文学者諸兄

諸兄の任たるや日本文学史上古例なくその克己《こっき》辛苦《しんく》たるや第一線の将士にも比すべきものあるを、われ等同僚常に深く想ふ。

諸兄亦《また》多感、大戦実核《じつかく》のうちより母国文運の上に想ひあらん。安んぜよ諸君、光栄と唯奮励《ふんれい》あれ、銃後われ等同僚、同田同耕の士もまた今日無為《むい》なるに非ず。文芸文化政策の使命の大、いまや極まる。国家もその全機能を求め、必勝完遂の大業もその扶与《ふよ》をわれらに命ず。歴史ある我が文苑《ぶんえん》の光輝、生々の新発芽、また今を措《お》いて他日なからん。日本文学報国会、この秋に結成を見る。ねがはくば歓呼を共にせられよ、併せて本日発会式の会場より全員、遠く諸君の労苦に感謝し、更に層一層の奮励と勉学を祈る。

（文学者報道班員に対する感謝決議）

今後におきましてこの大事な任務を成し遂げまするために我が大日本帝国の文学者であられますところの皆様方の御責任は洵《まこと》に重且《か》つ大なりといはねばならないのであります。茲《ここ》におきまして現下待望されてをりまする文学は、我が国伝統の国体観念に基きまする日本精神を内にあつては現代の政治、経済、文化等凡ゆる社会の各部門に浸透然《しんとうぜん》も徹底せしめまして、又外に対しましてはこれを万邦に正しく理解認識せしめまして兆民をして洽《あまね》く皇威《こうい》を浴せしめまして喜び勇んで相共に世界新秩序建設に邁進《まいしん》すべき気持を沸き立たせるものでなければならないと信ずるのであります。（中略）而《しか》してまた文学報国会が愈々本日を以つて力強い発足を開始せられ今後大政翼賛、臣道実践の理念に基きまして国民運動の一翼ともなつて政府の文学に対する政策に協力し益々文学報国の為に尽瘁《じんすい》せられることを強く御期待申上げ且つこれを私は刮目《かつもく》して拝見致したいと存ずる次第であります。

（東条英機「祝辞」の一部）

文学者と名の付く作家、詩人、歌人、俳人、戯曲家ら「全て」（一九四二年七月現在で二、六二三人を数え、その後も追加された）を会員に擁した日本文学報国会は、九部会（小説、劇、評論、詩、短歌、俳句、国文学、外国文学、漢詩・漢文）を持ち、これ以後まさに戦争を推進する一大翼賛勢力として突き進むことになった。そして、会は一九四二（昭一七）年十一月三日に、朝鮮、台湾、満州国、中華民国、蒙古、等の文学者を集めて第一回大東亜文学者大会を開き、翌四三年八月には第二回大東亜文学者大会を、四四年十一月には第三回大東亜文学者大会を開いて政府・軍部が推進する「大東亜共栄圏」構想に加担する。また会は、「献納」された「日本学芸新聞」を「文学報国」と改題して機関紙とし、一九四三（昭一八）年八月二〇日〜一九四五（昭二〇）年四月一〇日まで全四八号を旬刊で発行した。

そんな中、一九四三（昭一八）年七月十八日に「日本文学報国会代表者　久米正雄」の編で『辻小説集』が刊行される。この出版物の性格は、久米の「緒言」に凝縮されている。

南海に於ける帝国海軍の輝かしい日々決戦の戦果と、凄まじい死闘の形相《ぎょうそう》、一度《た》び国民に伝はるや、吾等は満眼の涙を拂つて、此の前線将士の勇敢奮闘に感謝すると共に、皆を決して其の尊き犠牲に対する報償をなすべく立上つた。大政翼賛会の唱道の下に澎湃《ほうはい》として起つた「建艦献金」の国民運動は正にその随一であつた。吾等文学を以て報国の一念に燃ゆるもの、その先頭に立つて、欣然《きんぜん》是に参加したのは言ふ迄もない。——此の文集は、其成果の一つである。

茲に蒐《あつ》めた「辻小説」なるものは、日本文学報国会の小説部会の発案により、部会員を動員して各々原稿紙一枚を以て、右の趣旨を盛つた小説、檄文《げきぶん》を草せしめ、それを街頭に発表して、国民士気の昂揚に資せんとしたもので、集つたもの全部で二百七篇。その数十篇は、既に諸新聞雑誌等に発表したが、余りに多数であつた為に、まだ大部分は印刷に附されてゐない。茲に其全部を蒐めて、出版し得るは、吾等其局に当つたものゝ欣びのみに止まるものではない。通読して、洵《まこと》に紅紫緑白、決戦下日本文学者の熱意を偲《しの》ぶだけでも、其価値尠少ならざるを信ずる。

敢て此の熱血の花束を、前線に、銃後に贈る所以《ゆえん》である。


アイウエオ順に並べられたその執筆者の主な作家とそのタイトルを列記すれば、阿部知二（大空襲）、稲垣足穂（善海）、石坂洋次郎（顔）、石川達三（誰の戦争か）、宇野千代（母の手紙）、上田廣（湖畔の娘）、円地文子（袖）、大田洋子（蒔《ま》かぬたねは生えぬ）、織田作之助（妻の名）、川口松太郎（預かり物）、菊池寛（光遠の妹）、岸田国士（戦争指導者）、久米正雄（南溟《なんめい》の底）、桜井忠温（茄子《なす》といのち）、坂口安吾（伝統の無産者）、谷崎潤一郎（莫妄想）、田中英光（少年支那兵）、太宰治（赤心）、壺井栄（軍艦献納）、長与善郎（松の応召）、葉山嘉樹（建艦献金）、長谷川伸（彼の鮮血）、日比野士朗（夜の空）、火野葦平（戦史）、武者小路実篤（南洋へゆく父より）、山岡荘八（勇者）、山中峯太郎（拝む心で撃つ）、吉屋信子（座席）、となる。「小説集」となっていたが、もちろん原則的に「一人一枚」だから小説とは言えない。短文、エッセイと言うのが相応しい。

例えば、戦後『日本文壇史』という大著を書いた伊藤整の「歓声」は、以下の通りである。

私の亡き父は、日露戦争の時、二〇三高地の攻撃に参加して重傷を負ひ、名誉ある金鵄《きんし》勲章を拝受した。戦後数年たつて、私が小学校へ通ふ頃、毎年陸軍記念日に、父は軍服帯剣で学校へ来て、全校の生徒に戦争の話をした。

父の属した七師団の兵隊は、満州へ向ふ船の上で、旅順の攻撃に参加するといふ事を聞かされた。その時兵隊たちは、どうか自分等が行くまで旅順が落ちずにゐてくれるやうに、自分たちこそ旅順を落として見せる、と云ひ合つたさうである。

父の話がそこまで来ると、講堂に座つてゐた五百人の小学生は、わあつと喊声《かんせい》を上げた。その時自分たちの上げた喜びの叫び声を、私は三十年後のこの頃、度々思ひだすのである。


他の作家たちの文章も似たり寄ったりで、時代に強いられたものとは言え、総勢二〇八名の作家たちの誰一人「戦争」への疑問や反意を表すことなく、つまり戦場では味方のみならず敵の人間も多数が死傷する事実に目をつぶって、あっけらかんと国家=軍部への協力・献身を表明しているのは、無残を通り越して異様な光景と言わねばならない。この信じられない作家たちの姿から透けて見えてくるのは、戦争というものが本質的に反人間的な出来事であるということに他ならない。戦争は、その言説・思想さえも国家統制するのである。

『辻詩集』の場合は、もっとあからさまである。安西冬衛、井上靖、江間章子、尾崎喜八、大江満雄、川路柳虹、木下杢太郎、木原孝一、北園克衛、神保光太郎、千家元麿、相馬御風、田中冬二、滝口修造、土井晩翠、野口米次郎、日夏耿之介、深尾須磨子、堀口大学、三木露風、村野四郎、といった近代詩史に名を連ねる詩人たちに混じって、井上康文、岡本潤、小野十三郎、白鳥省吾、高橋新吉、壺井繁治、福田正夫、百田宗治という、かつては「民衆派詩人」「アナーキスト（ダダイスト）詩人」「プロレタリア詩人」と呼ばれた、国家や政府に反逆の意思をもっていた詩人たちも参加している。こちらも総勢二〇八名、一人二頁、全四一八頁の大冊になっている。「詔《みことのり》を建艦に謹む」（安西）、「建艦進軍」（石原広文）、「建艦献金運動」（泉浩郎）、「建艦の賦」（大島庸夫）といったこの詩集を出す日本文学報国会の意図を汲んだ作品に混じって、かつて戦争反対を声高に唱えていたプロレタリア作家同盟の中央委員も務めたことのある壺井繁治の散文詩「鉄瓶に寄せる歌」がある。

お前を古道具屋の片隅で始めて見つけた時、錆だらけだつた。俺は暇ある毎に、お前を磨《みが》いた。磨くにつれて、俺の愛情はお前の肌に浸み通つて行つた。お前はどんなに親しい友達よりも、俺の親しい友達になつた。お前は至つて頑固《がんこ》で、無口であるが、真赤な炭火で尻を温められると、唄を歌ひ出す。ああ、その唄を聞きながら、厳しい冬の夜を過したこと、幾歳《いくとせ》だらう。だが、時代は更に厳しさを加へて来た。俺の茶の間にも戦争の騒音が聞えて来た。お前もいつまでも俺の茶の間で唄を歌つてゐられないし、俺もいつまでもお前の唄を楽しんではゐられない。さあ、わが愛する南部鉄瓶《てつびん》よ。さやうなら。行け！　あの真赤に燃ゆる溶鉱炉の中へ！　そして新しく溶かされ、叩き直されて、われらの軍艦のため、不壊の鋼鉄鈑となれ！　お前の肌に落下する無数の敵弾を悉《ことごと》くはじき返せ！

あるいは、プロレタリア派ではないが、訳詩集『月下の一群』（一九二五年）でフランス象徴詩を紹介して大きな功績を残していた堀口大学の次のような作品「必死」など、たぶん堀口自身自分の履歴から消去したい作品の代表だったのではないだろうか。

戦ひが、この戦ひが、
すめらぎのみ国の勝に
終はるなら、終るためなら、
命なぞ惜しくはないさ
につこりと笑つて死ぬさ、
敗れたら！
生きてゐないさ！

勝つための
艦《ふね》を献《あげ》よう！

この時期「沈黙」していた文学者もいたが、多くの文学者が敗北への道をひた走る戦争に動員され、宮本百合子も中野重治も日本文学報国会の会員になったことが象徴するように、「抵抗」はほとんどできなかった（存在しなかった）。それが戦時下の現実であった。

# 第二部　戦後編

# 第四章　戦争体験

## 第一節　戦後派作家の「戦争」――梅崎春生『桜島』野間宏『顔の中の赤い月』

戦時下の抑圧的生活を苦々しく思っていた若き文学者たちは、一九四五（昭二〇）年八月十五日の玉音放送（敗戦宣言）を青空の下で聞き、アメリカを中心とする連合国軍の占領下であったにもかかわらず、「平和」を「自由」と読み替えたのか、それとも次々とＧＨＱ（連合軍最高司令部）から打ち出される「民主主義」的な施策に勇気付けられたのか、新しい作品を次々と生み出していった。野間宏の『暗い絵』（四七年）、椎名麟三の『深夜の酒宴』（同）、等々、「戦後文学」がその歩みを始めたのである。戦後文学の開始は、『新日本文学』や『近代文学』などの雑誌創刊と軌を一にしていたが、若い文学者がこの時代をいかに迎えたか、佐々木基一、荒正人、小田切秀雄の三人が一九四六年一月一日に創刊号を出した『文学時標』の「発刊のことば」は象徴的であった。

石もまた叫ばん！

いつ終るともなかつた絶望の長夜にも、つひに光がさしてきた。惨苦《さんく》と汚辱《おじよく》の反動十数年を耐へて、今日ここに自由の陽ざしに立つことを、生けるしるしあり、と心から悦《よろこ》ぶ。

おもへ！　われら青春の日に目撃した惨事の数々を……。日本ファシズムが文学に加へた蛮行と凌辱《りようじよく》は、消えることのない瘢痕《はんこん》と化し、いまなほ疼《うず》きを覚えるのだ。

かれら文学の敵は、まづ、プロレタリア文学運動を圧殺し、つぎにその血まみれの手を、同伴者作家、進歩的・自由主義的文学者のうへにと伸ばした。かれらは平和と人道を愛する作者たちからペンをもぎ取つた。さらに、かれらは文学流派としてのリアリズムを抹殺した。生活派、現実派、そして『綴方教室』風の作文さへも、『犯罪』なりとして、文学を愛する数多くの人々を検挙したのであつた。かれらの狂行は、実証主義、合理主義の否認を以て、つひにその絶頂に達した。宗教裁判の再現であつた。文学は完全に息の根を絶つてしまつた。（中略）

われら一切の政治上のイズム、文学上の流派から解き放たれて、大胆率直に芸術のための芸術を信じ、文学の高貴性を信じ、今後の活動を行はんとするものである。文学はこの道によつてのみ正しい政治につながるのだ。

そして、このような時代の要請に応えて生まれた戦後の戦争文学は、まず戦争下において自分はどのように過ごしてきたか、言い換えれば戦争という異常事において自分はどのような存在であったのか、そのことを見つめ直すところに成立した。例えば梅崎春生の『桜島』（四六年九月）は、敗戦間際の桜島に駐屯する暗号部隊の下士官（作者がモデル）が、死が近いと認識せざるを得ないが故に襲ってくる虚無に抗いながら、何とか自分を保とうとする姿を描いたものである。ここには、戦争に疑義を持ちながら死と隣り合わせの日常を送るインテリゲンチャ（東大出）の苦悩が、敗戦数日前に敵機の機銃掃射で戦死した四〇歳を過ぎた補充兵の主張する「滅亡の美しさ」と対比されて描き出されている。仕方なく死に吸い寄せられた下級兵士のやるせない思いがここにはある、と言えばいいか。沖縄戦の敗北をすでに情報として知っていた敗戦間際の桜島は、アメリカ軍のグラマン戦闘機が毎日飛んでくる最前線になっていた。村上兵曹（梅崎春生）の苦悩は、作品の全編を覆うものであるが、典型的には次のような場面に表れている。

私は、眼をつむった。動悸《どうき》が胸にはげしかった。掌で、顎《あご》を支えた。顔についた土埃のため、ざらざらした。頭がしんしんと痛かった。じっと一つのことを考えて居た。

死ぬのは、怖くない。いや、怖くないことはない。はっきりと言えば、死ぬことは、いやだ。しかし、どの道死ななければならぬなら、私は、納得して死にたいのだ。――このまま此の島で、此処にいる虫のような男達と一緒に、捨てられた猫のように死んで行く、それではあまりにも惨《みじ》めではないか。生れて以来、幸福らしい幸福にも恵まれず、営々《えいえい》として一生懸命何かを積み重ねて来たのだが、それも何もかも泥土《でいど》にうずめてしまう。しかしそれでいいじゃないか。それで悪いのか。

私は思わず、吉良兵曹長に話かけていた。

「吉良兵曹長、私も死ぬなら、死ぬ時だけでも美しく死のうと思います」

「美しく死ぬ」ということが、どのようなことを指しているのかは分からないが、敵機を見張る役目の兵士が機銃掃射を受けて死んだのは、決して「美しい死」ではなかった。だとすれば、戦争において「美しい死」などどこにもないのは、第一部で繰り返し触れてきた「戦記」類を見れば明らかである。それでも、村上兵曹＝梅崎春生は「美しい死」や「滅亡の美しさ」について、あたかもそれが存在するかごとく主張する。そうでも言わなければ、あの時代を無事に過ごすことができなかったのだろうが、これは明らかに作家梅崎春生の切ない願望を反映したものと考えるより仕方がない。

その証拠に、玉音放送によって敗戦を知った村上兵曹長は、何故か分からないが、涙を流す。

壕を出ると、夕焼が明るく海に映っていた。道は色褪《あ》せかけた黄昏《たそがれ》を貫いていた。吉良兵曹長が先に立った。崖の上に、落日に染められた桜島岳があった。私が歩くに従って、樹々に見え隠れした、赤と青との濃淡に染められた山肌は、天上の美しさであった。石塊道《いしころみち》を吉良兵曹長に遅れまいと急ぎながら、突然瞼を焼くような熱い涙が、私の眼から流れ出た。拭いても拭いても、それはとめどなくしたたり落ちた。風景が涙の中で、歪みながら分裂した。私は歯を食いしばり、こみあげて来る嗚咽をおさえながら歩いた。頭の中に色んなものが入り乱れて、何が何だかはっきり判らなかった。悲しいのか、それも判らなかった。ただ涙だけが、次から次へ、瞼にあふれた。掌《てのひら》で顔をおおい、私はよろめきながら、坂道を一歩一歩下って行った。

この村上兵曹長＝梅崎春生の「涙」は、ファナチック（国粋主義的）な将兵が敗戦に際して「天皇陛下に済まない」といった意味で流した涙とも、あるいは戦争に負けた悔しさから流した涙とも、違う。たぶん、「死」から解放された内からこみ上げてくる喜びが流させた涙である。この時代、「死」はあらゆる抑圧や「悪＝反人間的所業」の象徴としてあった。それから解放されたのである。作者は、「何が何だかはっきり判らなかった」と書いているが、「喜び」でなくて何であろう。そのようなものとして、戦争＝軍隊からの解放はあったのである。

野間宏の『顔の中の赤い月』（四七年）は、戦後すぐの時代を背景にした短編であるが、職場の同僚である戦争未亡人に好意以上の気持を抱いている主人公の北山年夫が、フィリピンでの野戦体験に心身とも呪縛されて苦しむ姿を描いたものである。彼は苛酷な行軍についてこられなかった戦友を置き去りにした体験が頭から離れず、「ただ自分の生命を救うために戦友を見殺しにした」ことで自分を責め続ける。野間はここで「エゴイズム」の問題を通して戦争がもたらす「悪」を追究しているのだが、それと同時に戦争体験者の内部では戦後になってもまだ「戦争が終わっていない」ことを、強く訴えているのである。

「何をしやがる。」と分隊長代理の兵長が、後尾にさがってきて、馬の手綱《たづな》を握っている彼等の手に鞭を放った。

「馬にぶらさがりやがって、馬のくたばってるのが解らんのか。おめえらの代りはあっても、馬の代りはねえんだぞ。このくそ暑いのに、こっちに一々文句言わせねえようにしろ。」

彼等は黙って兵長を見上げ、諦め、手綱をのばして、馬からはなれて歩いた。しかし彼等の足は

動かなかった。いかに大きい呼吸をしても肺臓は汚れた空気をその中に残しているように思われ、息がつまった。（中略）

「俺は、もう歩けん。」魚屋の中川二等兵の声が北山年夫の曳《ひ》いている馬の胴の向うでした。（中略）

「はなすぞ。」そして中川二等兵は馬の手綱をはなし、膝を折り動かなくなった。彼は砂埃の厚くしきつめた中に自分の生命を埋める道をえらんだ。

第一部で見てきたように、このような「ひ弱い」兵隊の姿は決して戦前の「従軍記」や「戦記小説」には書くことができなかった。日本兵＝日本の軍隊は常に勇敢で、「御国のため」「天皇陛下のため」いつでも自分の生命を投げ出すものでなければならなかったからである。しかし、戦争＝戦場の真実は、「兵士の代わりはあっても馬の代わりはない」と言う下士官の言葉が象徴するように、人間の生命が鴻毛《こうもう》より軽く扱われる場に他ならなかった。まさに、人間尊重＝ヒューマニズムを標榜する「近代」とはほど遠い世界が、戦場＝戦争だったと言えばいいだろうか。人間の生命が粗末に扱われる、つまり反ヒューマニズム＝反近代の極致が戦争であった。過酷な戦場体験を持つ人はもちろん、銃後の国民も東京大空襲や広島・長崎における原爆攻撃によってそのことを思い知らされていたが、野間の『顔の中の赤い月』はその厳然たる事実を改めて人々の前に突き出すものであった。

## 第二節　被爆体験と文学——原民喜・大田洋子・栗原貞子・正田篠枝・峠三吉

原爆文学の全体については、この本と同時に刊行される『原爆は文学にどう描かれてきたか』に詳しく触れているので省くとして、戦争文学との関係で文学者たちは原爆をどのように捉えていたかだけをここで書いておけば、それはまずこれまで人類が経験したことのない未曾有の殺戮《さつりく》、大量破壊、つまり「被害」を克明に描くことから出発した。広島で十数万人、長崎で七万人強が瞬時に死んだ事実（そして、それ以上の被爆者《ヒバクシャ》を生じさせたこと）は、一九四五年三月十日の一〇万人以上の死者を出した東京大空襲、および沖縄戦で将兵と住民合わせて一六万人以上の犠牲者を出したことと共に、先の大戦を考える時に、絶対忘れてはならないことである。「ヒロシマ・ナガサキ」の文学が当初記録文学の手法で書かれたのも、それが人類の初めて経験した大規模被害だったからに他ならない。しかも、それは占領軍が布いたプレス・コード（検閲）の網の目をくぐってであった。

慶應大学を卒業した後、中学の英語教師をしながら抒情的な創作に打ち込んでいた原民喜は、空襲が烈しくなった東京を離れて故郷の広島に疎開していて、原爆の被害に遭う。一九四五年八月六日朝八時十五分、ちょうど厠《かわや》に入っているときであった。幸い、名のある宮大工が普請した実家（長兄宅）は、爆心から一キロほどの距離にあったにもかかわらず倒壊を免れ、原民喜は兄の家族等と燃えさかる街中を逃げ惑いながら太田川の河川敷まで避難する。

川岸に出る薮《やぶ》のところで、私は学徒の一塊りと出逢った。工場から逃げ出した彼女たちは一ように軽い負傷をしていたが、いま眼の前に出現した出来事の新鮮さに戦《おのの》きながら、却《かえ》って元気そうに喋り合っていた。そこへ長兄の姿が現れた。シャツ一枚で、片手にビール瓶を持ち、まず異常なさそうであった。向岸も見渡すかぎり建物は崩れ、電柱の残っているほか、もう火の手が廻っていた。私は狭い川岸の径《みち》へ腰を下ろすと、しかし、もう大丈夫だという気持がした。長い間脅かされていたものが、遂に来るべきものが、来たのだった。さばさばした気持で、自分が生きながらえていることを顧みた。かねて、二つに一つは助からないかもしれないと思っていたのだが、今、ふと己れが生きていることと、その意味が、はっと私を弾いた。

このことを書きのこさねばならない、と、私は心に呟いた。けれども、その時はまだ、私はこの空襲の真相を殆《ほとん》ど知っていなかったのである。

（傍点引用者『夏の花』）

一瞬にして十万人以上の人が死に、そしてそれを上回る負傷者（その後亡くなったり、被爆者として戦後を生きた人々）を生み出した「ヒロシマ」の惨劇を、「真相を殆ど知らなかった」と言いながら、作家＝表現者の直感が働いたのか、「書きのこさねばならない」と決意した原民喜の作家魂については、今さら言うことではないかも知れない。この『夏の花』は、元々「原子爆弾」というタイトルであったが、プレス・コード＝占領軍の検閲を考慮してこのように改題して発表した（四七年六月）ものである。引き続いて、原民喜は『廃墟から』（同年十一月）を書き、次に『壊滅の序曲』（四九年一月）を発表して『夏の花』三部作を完成させる。ここに、不朽の原爆文学が成立したのである。

そして、この未曾有の広島での被爆体験は、原民喜をして民主主義社会における「新しい人間」への期待を抱かせたが、現実は「新しい人間」どころか、旧態依然たる人間の在り方を朝鮮戦争の勃発によって知らされる羽目になり、一九五一（昭二六）年三月十三日の深夜、原民喜は中央線の線路に身を横たえることになった。原民喜は、アメリカ軍による朝鮮戦争での原爆使用の可能性に抗議して自殺したのである。

原民喜と同じように、故郷に広島に疎開していて被爆した作家に、大田洋子がいる。彼女は、日中戦争時の「ペン部隊」や太平洋戦争直前に行われた軍部＝内閣情報部の徴用からは洩れていたが、林芙美子や佐多稲子を論じたところで指摘したように、朝日新聞の特派員として中国戦線に従軍したりしていて、その意味では「戦争協力」を惜しまない作家であった。彼女は、一九三九（昭一四）年に『海女』で中央公論の懸賞小説に入選し、また翌四〇（昭一五）年には『桜の国』で朝日新聞の一万円懸賞小説に入選するまで、鳴かず飛ばずの作家であったが、二つの懸賞小説に入選してから一躍流行作家となり、同時代を代表する女性作家の一人になった。その彼女も東京の空襲には勝てず、郷里に疎開していて原爆に遭う。爆心から一・四キロの妹宅で、であった。市内から市外へ避難する道すがら惨状を目撃し続けた彼女は、妹と次のような会話を交わす。

もう町筋でも通りでもなく、足の入れ場もないほどの芥屑《ごみくず》やがらくたでふさがってしまった道を、私たちは電車の通りから右へまがった。するとそこには右にも左にも、道のまん中にも死体がころがっていた。死体はみんな病院の方へ頭を向け、仰向いたりうつ伏せたりしていた。眼も口も腫れつぶれ、四肢もむくむだけむくんで、醜い大きなゴム人形のようであった。私は涙をふり落しながら、その人々の形を心に書きとめた。

「お姉さんはよくごらんになれるわね。私は立ちどまって死骸を見たりできませんわ。」

妹は私をとがめる様子であった。私は答えた。

「人間の眼と作家の眼とふたつの眼で見ているの。」

「書けますか、こんなこと」

「いつかは書かなくてはならないね。これを見た作家の責任だもの」

死体は累々としていた。どの人も病院の方に向っていた。

（傍点引用者『屍の街』）

『屍の街』（削除版四八年十一月、完全版五〇年五月）も、『夏の花』と同じように被爆直後から書き始められた。「日本の無条件降伏によって戦争が終結した八月十五日以後、二十日すぎから突如として、八月六日の当時生き残った人々の上に、原子爆弾症という驚愕にみちた病的現象が現れはじめ、人々は累々と死んで行った。／私は『屍の街』を書くことを急いだ。人々のあとから私も死ななければならないとすれば、書くことも急がなくてはならなかった」（『屍の街』序）という状態の下であった。「昭和二十年十一月」と脱稿日を記した『屍の街』は、「鬼哭啾々の秋」「無慾顔貌」「運命の街・広島」「街は死体の襤褸《ぼろ》筵《むしろ》」「憩いの車」「風と雨」「晩秋の琴」の章題を付けているが、これからだけでもある程度内容は推測できる。戦前、自らの恋愛（情痴）体験を基に作品を書いていた作家とは思えないほど、『屍の街』は「事実＝記録」に基づいて出来事を浮かび上がらせる手法で書かれている。

何よりも「自由」になった戦後社会を象徴する「批判精神」が作中に漲っているのが、特徴となっている。

侵略戦争の嘆きは、それが勝利しても、敗北しても、ほとんど同じことなのだ。戦争をはじめなければならなかったことこそは、無智と堕落の結果であった。

広島市街に原子爆弾の空爆のあったときは、すでに戦争ではなかった。すでに、ファシストやナチの同盟軍は完全に敗北し、日本は孤立して全世界に立ち向っていた。客観的に勝敗のきまった戦争は、もはや戦争ではないという意味で、そのときはすでに戦争ではなかった。軍国主義者たちが、捨鉢な悪あがきをしなかったならば、戦争はほんとうに終っていたのだ。原子爆弾は、それが広島であってもどこであっても、つまりは終っていた戦争のあとの、醜い余韻であったとしか思えない。戦争は硫黄島から沖縄へくる波のうえですでに終っていた。だから、私の心には倒錯があるのだ。原子爆弾をわれわれの頭上に落したのは、アメリカであると同時に、日本の軍閥政治そのものによって落されたのだという風にである。

（傍点引用者「無慾顔貌」）

原民喜も大田洋子も「ヒロシマ」を体験することで、それまでの作風とは全く違った作品＝原爆文学を書くようになるが、短歌・俳句といった伝統的な表現方法に親しんでいた栗原貞子や正田篠枝も、被爆体験以後原爆にこだわって表現するようになった文学者であった。栗原貞子は、一九七二年に書いた「ヒロシマというとき」という詩で、それまでの「被害」ばかりを強調していた原爆文学に日本の加害者性を盛り込んだことで知られる詩人であるが、「死」に覆われた被爆直後の広島で「生」の確かさ、尊さをうたった『生ましめんかな―原子爆弾秘話―』（四五年）は、秀逸な原爆詩となっている。

こわれたビルデングの地下室の夜であった。
原子爆弾の負傷者達は
ローソク一本ない暗い地下室を
うずめていっぱいだった。
生ぐさい血の臭い、死臭、汗くさい人いきれ、うめき声。
その中から不思議な声がきこえて来た。
「赤ん坊が生まれる」と云うのだ。
この地獄の底のような地下室で今、若い女が
産気づいているのだ。
マッチ一本ないくらがりでどうしたらいいだろう。
人々は自分の痛みを忘れて気づかった。
と、「私が産婆です。私が生ませましょう」と云ったのは
さっきまでうめいていた重傷者だ。
かくてくらがりの地獄の底で新しい生命は生まれた。

かくてあかつきを待たず産婆は血まみれのまま死んだ。
生ましめんかな
生ましめんかな
己が命捨つとも

そして、原爆報道に厳しかったGHQのプレス・コードに挑むかのように歌集『さんげ』(四七年十二月)を一五〇部秘密出版した正田篠枝の存在も、この時期の「ヒロシマ・ナガサキ」の文学を考える時、忘れることができない。

・ピカッドン　一瞬の寂《せき》　目をあけば　修羅場《しゅらば》と化して　凄惨《せいさん》のうめき
・炎なか　くぐりぬけきて　川に浮く　死骸に乗っかり　夜の明けを待つ
・背負われて　急設治療所に　来てみれば　死骸の側に　臨終の人
・石炭にあらず　黒焦げの人間なり　うずとつみあげ　トラック過ぎぬ
・酒あおり　酒あおりて　死骸焼く　男のまなこ　涙に光る
・大き骨は　先生ならん　そのそばに　小さきあたまの　骨あつまれり
・焼けへこみし　弁当箱に　入れし骨　これのみがただ　現実のもの
・亡き娘の　ブローチ探しあて　よろこびし親も　原爆症の　重態にふす
・七人の子と　夫とを　焔火の下に　置きて逃げ来し女　うつけとなりぬ

・まざまざと　滅亡《ほろ》ぶる世界と　みさだめたり　悠遠の真理　したわしきかな

これらの短歌作品に付け加えることは何もない。信じられないほど多数の無辜《むこ》の民が犠牲になった原爆＝被爆に対して、被爆者でもあった正田篠枝はその犠牲者に身を寄せながら、三十一文字で「悲惨」を表現せざるを得なかったのである。

被爆体験について、あるいは被爆をもたらしたものに対して、裡に秘めた怒りや嘆きを直接的な言葉で表現した峠三吉の『原爆詩集』（五一年八月）も、この時期の原爆文学として忘れることができない。『原爆詩集』は、よく知られた「ちちをかえせ　ははをかえせ／としよりをかえせ／こどもをかえせ／わたしをかえせ　わたしにつながる／にんげんをかえせ／にんげんの　にんげんのよのあるかぎり／くずれぬへいわを／へいわをかえせ」の序詩に詩人の全てが凝縮されている、と言っても過言ではない。つまり、『原爆詩集』は、全編人間の生命を蔑《ないがしろ》ろにする戦争及び原爆に対する根源的な反意と呪詛《うらみ》によって染め上げられているということである。

原民喜、大田洋子、栗原貞子、正田篠枝、峠三吉、彼らの文学は、「ヒロシマ・ナガサキ」に触発されて書かれた原爆文学のごく一部でしかない。その後、彼らの文学に続いて次々と原爆文学は書かれ、今日に至っている。

## 第三節　大岡昇平の戦争文学――『俘虜記』『野火』そして『レイテ戦記』

戦前の戦争文学は、石川達三の『生きてゐる兵隊』発禁事件が象徴するように、権力の強制を受け、その作品の内容も基本的には「勝利する日本（軍）」、あるいは「勇敢な日本兵」に限定されていた。例えばそれは、日本軍が初めて全面的に敗北したノモンハン事件（一九三九年）が公には国民に報されず、したがってこの事件を扱った文学が存在しないことによく現れている。それに対して、戦後の戦争文学は、敗北した戦い、あるいは敗北を予感させるような戦いの中で自分の生命と在り方を見つける兵士＝一個の人間の姿を通して、戦争の意味を問う作品が主流を占めるようになった。

一九四四（昭一九）年三月に三カ月の教育召集を受け、六月にそれが解除されると同時に臨時召集され、そのままフィリピンのミンドロ島サンホセの警備隊に配属された三十五歳の大岡昇平は、翌年の一月米軍の攻撃を受けて敗走中の山中で昏倒しているところを米軍に発見され捕虜となる。そこに至るまでの兵士経験を基に書いたのが、『俘虜記』（十二編の短編を集めた連作、最初の『捉まるまで』は四八年二月に発表。合本は五二年十二月刊）であり、『野火』（五二年）、戦争文学の傑作と言われる『レイテ戦記』（七一年）である。中でも、「私は昭和二十年一月二十五日ミンドロ島南方山中において米軍の捕虜となつた」の一文から始まる『俘虜記』は、他の二つの作品にも共通しているのであるが、何よりも主人公の冷静かつ客観的な自己省察と状況判断が、作品の随所に散りばめられている点を特徴としている。

私は既に日本の勝利を信じていなかった。私は祖国をこんな絶望的な戦に引きずりこんだ軍部を憎んでいたが、私がこれまで彼等を阻止すべく何事も賭さなかった以上、今更彼等によって与えられた運命に抗議する権利はないと思われた。一介の無力な市民と、一国の暴力を行使する組織とを対等に置くこうした考え方に私は滑稽を感じたが、今無意味な死に駆り出されて行く自己の愚劣を嗤《わら》わないためにも、そう考える必要があったのである。

敗戦一年前の一九四四年半ばで、誰にもこのような「判断」ができたかと言えば、それは嘘になるだろう。しかし、いくらかでも客観的な分析力を持っていれば、日本とアメリカの国力（資源など）の差から開戦が無謀なものであったことは、案外容易《たやす》く判断できたのではないか。現に、当時大阪で弁護士をしていた小田実の父親は、開戦の報を知って小学生の小田に「この戦は負ける」と話したという。また、太平洋戦争中は特高から要観察者の扱いを受けていた埴谷雄高は、勤めていた経済雑誌社の関係から日々大本営からもたらされる「戦果・報道」が虚偽であることを知り、敗戦を早くから予想していたと回想している。京都大学の仏文科を卒業した後、リアリズム文学の先駆者として知られるスタンダールの研究に打ち込んでいた自由主義者・大岡昇平にしてみれば、内外の現実から判断して太平洋戦争の敗北は必至と思っていたのだろう。『俘虜記』の「生きている俘虜」に「戦う日本の建艦状況を見て、祖国の敗北と自己の死を確信して比島へ来た」と書かれているが、何よりも、当時としては決して若くない三十五歳という年齢の自分が臨時召集（補充兵）されること自体が、追いつめられた日本を象徴していると思えたのだろう。

『俘虜記』は、「捉まるまで」「サンホセ野戦病院」「タクロバンの雨」「パロの陽」「生きている捕虜」「戦友」「季節」「労働」「八月十日」「新しき捕虜と古き捕虜」「演芸大会」「帰還」「附　西矢隊始末記」という十四編の短編連作から成っている。「捉まるまで」以外はタイトル通り米軍の捕虜になってからの生活を描いたもので、「生きて虜囚の辱めを受けず」の戦陣訓が社会通念として一人一人の兵士を縛っていた日本では、珍しい作品である。捕虜になることが「恥」だったわけだから、その捕虜の生活を描くなどということは、それまで全くなかった。『俘虜記』が戦後の戦争文学に相応しい作品と言われる所以でもある。

そして、大岡昇平は連作の『俘虜記』が完成した同じ年に、「捉まるまで」の前段階、つまりミンドロ島の山中を敗走しているときの経験を基に、今度は虚構色の濃い作品『野火』を仕上げる。『野火』は、文学史家によって戦争文学の最高傑作とも言われており、その意味ではこれまで多くの人に読まれてきたが、二つの点で特に大きな問題を投げかけた作品と言えるだろう。一つは、余りにも有名な戦争中の「人肉喰い」をここで明らかにし、人間（の生命）尊重を旗印の一つにしてきた近代社会と戦争との関係を問うている点である。「人肉喰い」の問題は『俘虜記』の中にも出てきて、大岡昇平がこのことについて強い関心を持っていたことを窺わせるが、自分が生き抜くために他者の生命を奪い、そしてその肉を食らうという行為についての是非を、彼はここで問題にしていたのである。

たぶん、この「人肉喰い」は、フィリピン戦線だけではなく補給線を断たれた南方各地の戦線で行われていたと思われるが――大岡と同じ戦後派作家の堀田善衞は、『橋上幻像』（七〇年）の中でパプア・ニューギニア戦線で「人肉喰い」を行ったために苦しみ続ける男の話を書いている――、戦争という極限状態において生存本能をむき出しにして生き抜く人間に対して、大岡昇平は次のような「神学」を対置して、人間とは何かという根源的な問題を提起している。


……銃声と共に、保田の体はひくっと動いて、そのままになった。

永松が飛び出した。素早く蛮刀で、手首と足首を打ち落とした。

怖しいのは、すべてこれ等の細目を、私が予期していたことであった。

まだあたたかい桜色の肉を前に、私はただ吐いていた。空の胃から黄色い液だけが出た。

もしこの時既に、神が私の体を変えていたのであれば、神に栄あれ。

私は怒りを感じた。もし人間がその飢えの果てに、互いに喰い合うのが必然であるならば、此の世は神の怒りの跡にすぎない。

そしてもし、この時、私が吐き怒ることが出来るとすれば、私はもう人間ではない。天使である。私は神の怒りを代行しなければならぬ。


予期していたとは言え、これ以前に「猿の肉」と言われて食したものが、実は「人肉」であったという事実を突き付けられた主人公の内部に去来した思いである。この後主人公は、人肉を喰い続けて生きてきた永松を銃の奪い合いの末撃ち殺し、結局自分も人肉喰いを行ってきた永松と同類であったことを思い知るのであるが、ここからは「悲惨」しかもたらさない戦争の残酷さが浮かび上がってくる仕掛けになっている。

二点目は、本質的には一点目と同じなのであるが、いつも誰か（神か？）に見つめられていると感じている主人公が「人を殺すこと」の意味を考えるところにある。主人公は一人で敗走中に海岸近くの遺棄された原住民の村で、隠していた塩を取りに来た村人の女性を撃ち殺してしまうのであるが、その時襲った感情は次のように表現されている。

悲しみが私の心を領していた。私が殺した女の屍体の形、見開かれた眼、尖った鼻、快楽に失心したように床に投げ出された腕、などの姿態の詳細が私の頭を離れなかった。

後悔はなかった。戦場では殺人は日常茶飯事にすぎない。私が殺人者になったのは偶然である。私が潜んでいた家へ、彼女が男と共に入って来た、という偶然のため、彼女は死んだのだ。

何故私は射《う》ったか。女が叫んだからである。しかしこれも私に引金を引かす動機ではあっても、その原因ではなかった。弾丸が彼女の胸の致命的な部分に当たったのも、偶然であった。私は殆どねらわなかった。これは事故であった。しかし事故なら何故私はこんなに悲しいのか。

悲しいのは、集団の中に個人を埋没させて殺人を行う戦争中とは違って、もう既に戦争は「終わって」個人としてしか存在しない敗走中の自分が、「無意味」としか思えない殺人を犯したからに他ならない。戦争は兵士をして人間の本性＝本能をむき出しにさせるが、『野火』の中には、先の人肉を喰い続けても生き延びようとする兵士の他にも、兵隊を人間と思わない下士官や死を前にして狂ってしまった将校などが登場する。いずれも、「ヒューマニズム」からは程遠い。大岡昇平はそれらの人々＝兵士達をリアリストの目で見つめ、本能をむき出しに生きる彼らの姿を通して「近代＝ヒューマニズム」への懐疑を表明していると言っていいだろう。『野火』が多くの問題を提起する戦争文学の傑作と言われる所以である。

一九六七（昭四二）年一月から四九（昭四四）年七月まで、二年六カ月かけて書かれた『レイテ戦記』（七一年刊、加筆訂正版八三年）は、「死んだ兵士たちに」の献辞を持つ膨大な「戦記小説」であるが、大幅に加筆訂正を施した岩波版『大岡昇平集9・10』に解説を寄せている大江健三郎が、ここに始めて「全体小説」が成ったと言い、その「文体」に着目して次のように言う時、この作品の性質が自ずから浮かび上がってくる。

諸戦記からの直接の引用の前後には、かならず著者の批判的検討の文章があることに注意しなければならない。『レイテ戦記』は、この大きい戦闘について書かれた様ざまなレヴェルの日誌、記録、回想、小説のたぐいの、総合的な批判、検討の書物とさえいいうるものである。『レイテ戦記』の全体のなかで、ただ一個所だけ、証言者の話しぶりをそのまま引用した、と付記されているものがある。それはつまり右にのべた手法がいかにてっていしているかを示す証拠となろう。著者は証言のテープをそのままおこして引用することすら、やはりそのように念を押さなければおこなわないのである。

さて『レイテ戦記』の基幹の文体が、とくに公的に編集される戦記の文体とことなるのは、そこに日常的な平談俗語の語り口が加えられて、決して違和感をあたえず、効果をあげることにも見られる。東京育ちの歯切れのよい話し言葉が、乱暴なほどの率直さで、かつは知的かつ上品な親しみを感じさせる口調で、随所に挿入されて、基幹の文体を生きいきと活性化させるのである。これが「異化」された戦記の文体と呼ぶ根拠のひとつでもある。

「一　第十六師団　昭和十九年四月五日」に始まって「三十　エピローグ」まで、上巻は一から十八まで、下巻は十九から三十まで、途中に「二十四　壊滅　十二月十三日―十八日」、「二十六　転進　十二月十二日―二十一日」など、それぞれ独立した中編小説と言ってもいい章があって、太平洋戦争の最終的な帰趨を決めたとされるレイテ戦の「全体」を書くことに、大岡は成功している。成功の理由は、大江が解説に書いている通りである。例えば、多くの人が沖縄戦で初めて採用された戦法であると思っている「神風特別攻撃隊」=航空機で敵艦に体当たりする自爆攻撃について、レイテ戦で採用されたその経緯から実際までの詳細を、大岡昇平は次のように書く。

不時着半数という数字が最後の特攻を指揮した五航艦司令官宇垣纏中将の『戦藻録』に記録されている。命中率が七パーセントに落ち、特攻打切りを提案する技術将校もいた。

しかも特攻という手段が、操縦士に与える精神的苦痛はわれわれの想像を絶している。自分の命を捧げれば、祖国を救うことが出来ると信じられればまだしもだが、沖縄戦の段階では、それが信じられなくなっていた。そして実際操縦士は正しかったのである。

口では必勝の信念を唱えながら、この段階では、日本の勝利を信じている職業軍人は一人もいなかった。ただ一勝を博してから、和平交渉に入るという、戦略の仮面をかぶった面子の意識に動かされているだけであった。しかも悠久《ゆうきゅう》の大義の美名の下に、若者に無益な死を強いたところに、神風特攻の最も醜悪な部分があると思われる。

しかしこれらの障害にも拘らず、出撃数フィリピンで四〇〇以上、沖縄一九〇〇以上の中で、命中フィリピンで一一一、沖縄で一三三、ほかにほぼ同数の至近突入があったことは、われわれの誇りでなければならない。

ここで使われている「七パーセント」とか「四〇〇」「一九〇〇」とかの数字が資料に基づいた正確なものである点にこそ、この『レイテ戦記』の文学としての特徴がある。あくまでも客観的に、しかし登場する人物の心理や感情には深く入り込み、資料は正確に引用する。戦争＝戦場・戦闘の「全体」を描き出すには、そのぐらいのことはしなければならないのかも知れないが、それにしても大岡昇平の執念と徹底ぶりには感動させられる。大岡は「『レイテ戦記』の意図」と題する講演の中で、『レイテ戦記』で試みたことは「大きな壁画のように戦争を描くこと」だった、と言っている。その意図は、充分に達せられている。

## 第四節　さまざまな軍隊（兵隊）――小島信夫『燕京大学部隊』古山高麗雄の戦争小説

戦後の「自由」は、戦前では決して書かれることはなかったであろう「ダメな軍隊」「ダメな兵士」

の存在を、小説の素材として選ぶことを可能にした。これは戦後に書かれた戦争文学の多様性を示す一つの証でもあったが、考えてみれば、日中戦争が泥沼化し、その延長で開戦に踏み切った太平洋戦争が敗北過程に入り、総力戦の様相を呈するようになった時から、日本軍は徴兵検査で甲種合格になった兵士ばかりで編成することができなくなったということがある。年を取っていたり、虚弱体質や何らかの身体的欠陥を持っていた第一乙種や第二乙種、あるいは丙種合格の人間を「補充兵」として召集し、軍隊としての体裁を保つというのが、太平洋戦争半ば以降の日本軍の常態であった。在学中の大学生を兵士として召集する一九四三（昭一八）年十二月に発せられた「学徒動員令」は、この日本軍の人材不足＝兵隊不足を象徴するものであったと言っていいだろう。因みに、太平洋戦争開戦時の軍隊内現役兵（職業軍人及び召集令状により集められた甲種合格兵）の割合は約六〇％だったのが、一九四五（昭二〇）年には約十五％以下になっていた。

少数の甲種合格兵士と大多数の何らかの形で身体に欠陥を持つ「補充兵」とで編成された日本の軍隊、もちろん補充兵たちはその大多数が厳しい教育訓練（内務班生活）によって「優秀な兵士」へと鍛え上げられていったのであろうが、そこには落ちこぼれた兵士たちも相当数いたであろうことは、想像に難くない。

小島信夫の『燕京《えんきょう》大学部隊』（四九年）は、そんな「ダメな兵士」ばかりを集めた情報部隊の日常をユーモアたっぷりに描いた佳品である。小島信夫は一九五四（昭二九）年に『アメリカン・スクール』で芥川賞を受賞した作家であるが、東大英文科を卒業した年の翌年一九四二（昭一七）年二月に岐阜の中部第四部隊に入隊し、間もなく部隊と共に北支に派遣され、四四（昭一九）年には小説のように「情報部兵士」として、燕京大学内の情報部隊に属する。『燕京大学部隊』は、この時の経験を基にして書かれたものである。敵性語である「英語」ができるということで集められた兵隊は、花の栽培を学ぶために一カ月だけアメリカを旅行したことのある塙《はなわ》兵長や目の青い二世、毛の縮れた南方の二世たちで、日本語があやしい者もいるという何とも頼りない兵士たちであった。彼らがいかに通常の日本軍兵士ならざる「ダメな兵士」たちであったか、作家はこの情報部隊の受講風景を描くことで、その実態を明らかにする。

ある日出口大尉の精神訓話があり、大尉は、学科の不備は精神で補うと云う塙には好都合、有益な訓話をし、一致団結上官を賤《いや》しめてはならぬと云った。気がつくと塙と僕の外は誰一人まともな格好をして聞いている者はなく、二世たちは思い思い肱をつき、あごをかかえている。そのうちいつのまにかそれが伝染し僕の足は持ちあがり、からだは貧乏ゆすりを始めた。出口はかっとなり一人々々立たせて演説の要旨を復唱させたが、まともに日本語の話せる者は数人で、話にならない。塙はその晩は部屋の中で僕にひどい打擲を加えてから言った。

「ええか、あしたから点呼一時間前に起きるんや。起きたら、あそこの倉庫に鍬《くわ》が二挺かくしたるさかい、わいになろうて此処《ここ》の芝生を掘りおこすんや。通信みたいなもん、どうでもええ。今に権田がわいのところへ頭を下げにくるにきまっとる」

いくら情報（防諜）部隊だからといって、これほどひどい日本軍が存在したとはにわかに信じられないが、一種の膠着状態にあった中国戦線をそのままにして、主力部隊を南方・太平洋戦域に送り出した後の中国における日本軍の実情は、案外小島信夫が描くようなものだったのかも知れない。しかし、ここで注意しなければならないのは、この作品の中では全く触れていないが、作者の小島信夫(この作品では「小島」)が、東大卒でありながら幹部候補生への道を選ばず、兵卒のまま軍隊生活を送っていたということである。つまり、この『燕京大学部隊』もそうであるが、他の戦争体験を基にした小島の小説『小銃』(五二年)、『城壁』(五四年)、『墓銘碑』(六〇年)等の作品でも、小島信夫は時代の流れに逆らうことなく軍隊生活を送っている兵士を登場させ、明確な反戦の意思などほんの少しも見せないが、充分な資格がありながら幹部候補生への道を拒絶し、「ダメな兵士」として軍隊生活を送る者を描くことで、「強固な自我」をもった戦時下の人間を造型しているということである。別な言い方をすれば、資格がありながら幹部候補生への道を拒絶するということは、それだけで「危険人物」「問題兵士」と見られる状況下にあって、のらりくらりと「ダメな兵士」を演じ続けることの厳しさを、小島信夫の戦争小説は描いているということになる。

『燕京大学部隊』には、かつて小島の所属していた部隊がフィリピン戦線に投入されレイテ戦で潰滅したということが、次のように書かれている。

レイテが敗れてからある日、権田が竦然《しょうぜん》と現れ、つぶやくように言った。

「自分も売り食いを始めました。給料で肉百匁しか買えないんだ。物力だな。通信機だってそうだ。日本の軍隊のものはどこへ出したって恥じないものだ。只数が足りん。といってもあんた方は一日でも早くいい情報をとって、われら華北四十万の生命を守ることですよ。小島一等兵、あんたの師団はレイテへ向ったのを知っていますか。知らんでしょう、あんたが此処へ来て一月たたんうちですよ」

僕は泣きたいような笑いたいような得体の知れぬ気持になった。送り返した図嚢《ずのう》や金の返事が来ないのはそのためだったのだ。死んだ自分の部隊だって、大なり小なりここのようにばかげているのだ。が彼等は死んだのだ。吉野曹長も死んだのだ。ちがうのはとにかく死んだと云うことだ。

ぐうたらな生活を送っている情報部隊もレイテ戦で潰滅した部隊も、軍隊に変わりはなく皆「ばかげている」という認識こそ、大学卒のインテリに相応しいものだと言える。

戦後もかかり経った五十歳の時、戦犯として収容された刑務所の日々を描いた『プレオー８の夜明け』（七〇年）で芥川賞を受賞した古山高麗雄の戦争小説もまた、「ダメな兵士」が従順とも言える態度で淡々と戦争に従事している姿を描いて、秀れたものになっている。古山高麗雄は、中学を卒業した後一年の予備校生活を経て三高に入学するが、そこで行われていた軍国主義的教育に反撥して中退し、一九四二（昭一七）年二十二歳で入隊し、その後フィリピン、マレー、ビルマ（ミャンマー）、カンボジア、ベトナムを転戦、最後はラオスの捕虜収容所（日本軍の）で敗戦を迎える。そして、その捕虜収容所での振る舞いで「戦犯」に問われ、四七（昭二二）年、禁固八カ月の刑を受ける。

その古山高麗雄が描き出す「ダメな兵士」（作者自身と思われる人物）は、『プレオー８の夜明け』と同じ年に発表された『白い田圃』で、次のように具体的に書かれている。

出動命令がかかったのは、今日の午後で、それも夕方近くなってからだった。（中略）――私は作戦と聞くと、弾に当たって死ぬことより、行軍で落伍して死んでしまうイメージにとりつかれる。私はゴム人形で、弾薬は文鎮《ぶんちん》なのだ。他の兵科のことは知らないが、重機関銃分隊では、兵隊に番号がついている。一番から四番までが銃手で、五番以下は弾薬運びだ。だめな兵隊ほど番号が多くて、私は、びりの十二番だった。弾薬手は、三十キロの重機の弾薬箱のほかに、三八式歩兵銃と、歩兵銃の弾と、背嚢《はいのう》、雑嚢《ざつのう》、水筒、場合によってはガスマスクまでつけて歩く。私の体重は四十九キロで懸垂は一回しかできない。私がこれだけのものを体につけると、落伍するに決まっている。落伍して、隊列から離れて、一人でとぼとぼ歩いていると、敵の遊撃隊や斥候《せっこう》が私を襲う。――その場合、敵が大ぜいで勝目がなく、そして逃げられないとなれば、自殺しようと思っている。逃げられるようだったら、逃げようと思っている。

この「私」が所属する部隊は、憲兵に導かれて「匪賊《ひぞく》」（反日ゲリラ）討伐に出かけるのであるが、匪賊がいるとされる村で行われたのは、砲撃で逃げ出した住民を機関銃で撃ち殺したことと、匪賊と関係あると思われた男と女を拷問したことであった。この時「私」は、機関銃を逃げる住民の三メートル後方に撃ち、縛られた住民の縄を弛めてやる。「私」には、どうしても彼らが匪賊と関係あるとは思われなかったのである。ずっと後のことになるが、古山高麗雄は『過去』（九五年）という小説ともエッセイとも判断しがたい作品の中で、このビルマの山中における匪賊討伐作戦のことを、日本軍（兵士）が中国戦線で行った百人斬り＝三光作戦や南京大虐殺事件との関係で回想し、「わが祖国は、収容所を作ったり、（捕虜を）送ったりする手間を省くために、捕虜を殺し、見せしめや脅しのために、知らないことを知らないと言った村人を公開処刑する軍隊国家である」、と書いている。私小説作家を自認する古山高麗雄は、『白い田圃』で描いた住民虐殺や拷問について、人物を少し入れ替えているが、事実であったと明言している。

また、同じ『過去』の中で、「軍隊で、すでに私は、自分の国がいやになっていた」とも書いていて、古山高麗雄の描く「ダメな兵士」は、虚弱な身体を持った兵士という意味だけでなく、積極的ではないが、上官が匪賊＝反日ゲリラと言い張る村人に同情を寄せたり、無意味な住民虐殺を行わない等の行為で明らかな、人間的《ヒューマニスティック》な側面を持った兵士ということになる。別な言い方をすれば、「ダメな兵士」は、『白い田圃』の「私」のように何度も軍隊からの「脱走」を空想する、戦争にも日本という国にもうんざりしている兵士なのである。古山高麗雄の戦争小説を読むと、主人公は一人なのであるが、その主人公の周りに同じような兵士が何人も登場し、その意味では日本軍の実情に近いものを私たちは知ることができる。

このように、小島信夫にしても古山高麗雄にしても、「ダメな兵士」を主人公にして小説を書いたわけだが、このような反軍的・反戦争的な存在を、小説とは言えあからさまに描くことができるようになったのは、繰り返すが戦後になってからである。戦時下では決して書けなかった。このことは銘記しておく必要がある。

なお、古山高麗雄の芥川賞作品『プレオー8の夜明け』は、戦犯収容所を内側から描いた小説として、それまでの日本文学になかった世界を描いており、貴重な作品である。

## 第五節　沖縄戦を描く——大城立裕の『棒兵隊』『亀甲墓』と目取真俊の『水滴』

先のアジア太平洋戦争下において、植民地や占領地を除いて地上戦が行われたのは、唯一沖縄であった。一九四五（昭二〇）年三月二六日、艦船一五〇〇隻、兵員十八万三〇〇〇名の大部隊でアメリカ軍は、まず慶良間列島へ上陸を開始し、そこを制圧した後、四月一日沖縄本島中部の北谷《ちゃたん》・読谷《よみたん》の海岸に上陸を開始する。それから三カ月弱の六月二十三日に沖縄戦の中心を担ってきた第三十二軍の司令官牛島満中将が自決して、組織的な戦いは終わる。戦死した将兵八万五〇〇〇名余り、戦闘に巻き込まれて死亡した非戦闘員の住民九万四〇〇〇名余り、沖縄戦の「悲劇」は、この将兵を上回る非戦闘員の死者が象徴している。この非戦闘員の死者の中には、日本軍によって集団自決を強いられた人たち、および彼等に虐殺された人々も含まれる。軍部＝大本営は、沖縄戦を本土決戦のための捨て石作戦と考えており、初めから見放していたのである。このことは、いかにも軍事上の問題のようにも見えるが、根っこには隠然とした形で江戸時代から続いていた「沖縄差別」が存在したことも忘れてはならない。

特産物（主に砂糖）を目当てに薩摩藩が支配を開始した時からと言わず、沖縄は近代になっても長い間、例えば戦後の「闇」を象徴する松川裁判を支援して、文学者の直感を武器に「不当」であると主張し続け、ついには無罪判決を勝ち取った広津和郎が戦前の一九二六（大正一五）年三月に発表した『さまよへる琉球人』、が象徴するように、沖縄人は「豚児」「劣等民族」「未開人種」として扱われ、あるいは明治時代に開催された博覧会でアフリカ人やアイヌ人と共に「人類館」に陳列されるなど、本土《ヤマト》から「差別」され続けてきたのである。

そんな沖縄戦を素材とする文学作品が書かれたのは、戦後は一九七二年まで二十七年間アメリカ軍の統治下にあったことも影響していたのか、意外と遅く、『カクテル・パーティー』（六七年）で沖縄初の芥川賞を受賞した大城立裕の『棒兵隊』（五八年）によってであった。タイトルとなっている「棒兵隊」とは、「郷土防衛」という名目で日本軍によって組織された沖縄住民の日本軍支援部隊のことである。武器は与えられず、「棒」しか持っていなかったので（ここにも沖縄差別が現れている）、防衛隊に掛けて「棒兵隊」と呼ばれ、炊事、藷《いも》掘り、水汲み、弾薬運びといった仕事に従事させられていた人々のことである。『棒兵隊』は、G村で組織されたそのような郷土防衛隊の顛末（潰滅過程）を描いたものである。圧倒的な物量を誇る米軍の前で、ガマと呼ばれる壕の中に立て籠もって最後の抵抗を試みる日本軍から「スパイ」呼ばわりされながら、次々と倒れていった棒兵隊員＝沖縄住民たち、彼らの心情を代弁して大城立裕は次のように書く。

> 「やられたかな、自爆したかな」
> 久場は、ぼやいた。
> ぼやいてみると、ふっと二日前のY岳の壕のことがおもいだされた。闖入《ちんにゅう》した連中に、スパイ容疑で身体検査をされて、下手をするとみなごろしにされるか、または壕を脱出してスパイの汚名をそのまま被るか、この困惑を佐藤少尉は、決死輸送の特務をあたえることで、おそらく救った。

（中略）仲田が少尉のことを「スパイかもしれませんね」といったとき、そのとおりの意味は別にして、二人のあいだにある断絶ができていたことはたしかなのだ。この断絶は、G村での口頭召集、根拠不明のS城址への移管、S城址での理不尽な拒絶、とそれらの体験をたどるうちにおそらくできた。いや、たぶんはその前からあったものかもしれぬ。国家、故郷、同胞……などというものが、すべて徒労を生むだけのものであったか。この空腹と生命の不安とを生むだけの……。

少し解りにくいかも知れないが、他の日本兵と違って沖縄人を親切に扱った佐藤少尉をアメリカのスパイかも知れないと思う倒錯した考えと、自分たちをスパイかも知れないと疑う日本兵とを対比的に描くことで、大城立裕は混乱・錯綜した沖縄戦の一側面を浮き彫りにしたかったと思われる。「国家、故郷、同胞……などというものが、すべて徒労を生むだけのものであったか。この空腹と生命の不安とを生むだけの……」には、戦時中県費留学生として上海の東亜同文書院（大学）の学生となり、敗戦により帰郷したら家族は無事であったが、沖縄全土が焦土と化していた現実を目の当たりにした大城立裕＝沖縄人の実感が込められている。もともと明治政府による「琉球処分」――廃藩置県が本土より十八年遅れ、そのため様々な不利益が生じた――が象徴するように、「差別」的な境遇に置かれてきた沖縄人に、日本＝ヤマトへの帰属意識はそんなに強くなかった。それが戦争になって多大な犠牲を強いられたのであるから、国家や故郷、同胞といった言葉が「徒労」しかもたらさなかったというのは、沖縄人の実感としか考えられない。現に、『棒兵隊』には、沖縄の住民を壕から追い出す日本兵や、狂った末とは言え沖縄人を射殺する日本兵が登場する。

先にも記したように、大城立裕は沖縄戦のとき沖縄にはいなかった。しかし、家族や友人、知人がどれほど酷い目にあったか、そのことは充分に理解していた。想像力を駆使するまでもなく、それは敗戦によって沖縄に帰郷した大城立裕を待っていた現実だったからである。その意味で、おそらくは戦争で生き残った人々から聞いた話を総合して創り出した『亀甲墓《かめのこうばか》』は、沖縄独自の文化を象徴する一つである巨大な亀の形をした墓を背景に、悲惨な沖縄戦を描いた秀作と言うことができる。『亀甲墓』は、「実験方言をもつある風土記」の副題を持つが、次のような冒頭部分の会話に沖縄戦に対する庶民の対応と、独特なおかし味（ユーモア）が現れている。


「じいさん、艦砲射撃だ、艦砲射撃だ。いくさど」

善徳は、藁筵《わらむしろ》を編んでいる手をちょっと休めて、

「カンポーサバチては何だ」

あのばかみたいな音とサバチ（櫛）と何の関係があるだろうといぶかる。

「サバチでない。シャゲキだ。艦砲さあ」

「カンポーては何だ」

「軍艦の大砲だ、どこかにうちこんだんだ。いくさの来たど」

男は対話をやめて石垣のむこうに消えた。善徳は手のものを全部つきはなすと、

「おい、ばあさん。艦砲だ、艦砲だ。いくさど」

台所へあびせて、たちあがった。

ウシは、台所のまっくろな土間に桶をすえて、豚の餌の諸汁《いもじる》をかきまわしていたが、

「へ。カンポウ。いくさ。きょう来るてか」

「おお、来るさあ。はやくにげんと。こどもたちは、はあ」

「あした卒業式があるから、その練習て」


一見のんびりした光景のように見えるが、この後先祖の眠る亀甲墓に逃げ込んだ善徳一家は、艦砲射撃で善徳を失い、また「一切をあずかり知らないウシが、孫たちといっしょに善徳の遺骸をみつめて誠実な親戚を待ちかねている、その亀甲墓に、火線はゆっくり、しかし確実に近づきつつあった」の最後の文章が示唆するように、全滅する運命が待っていた。太平洋戦争において米軍は――と言うより、日本軍の場合も含めて全ての近代戦争がと言った方が適切であるが――、東京大空襲などが如実に語るように、非戦闘員＝無辜の民への殺傷を辞さない殲滅戦《せんめつせん》を展開した。沖縄戦においても例外ではなかったことは、先に記した死者の数が物語っている。大城立裕は、『亀甲墓』でその一典型例を造型したに過ぎないが、もし八月十五日にポツダム宣言を受け入れず、本土決戦を敢行していたらと思うと、ぞっとする。

沖縄で四人目となる芥川賞受賞作家目取真俊は、一九六〇年生まれの実際の沖縄戦を知らない世代の若い作家であるが、受賞作『水滴』（九七年）は、実際に戦争を体験したか否かにかかわらず、沖縄人の内部で沖縄戦が消し去ることのできないトラウマのようになっていることを浮き彫りにしたものである。物語は、六月の半ば、主人公の徳正《とくしょう》が裏座敷で昼寝をしている時に突然右足が腫れだした

ことから、始まる。原因不明のまま中ぐらいの冬瓜《とうがん》ほどにも成長した足の親指からは水が滴り落ち始める。医者も途方に暮れて何日か過ぎたある夜、徳正は足元に「泥水に浸かったように濡れてぼろぼろになった軍服を着た男達」が立っているのに気付く。

男達は全部で五名だった。立っている四人は二人がヘルメットをかぶり、二人は丸刈りの頭を茶色に変色した包帯で巻いている。先頭の男は右腕に添え木を当て、二人目の男は松葉杖を突いていた。右足の膝から下が無かった。三人目の男はまだ十四、五歳くらいにしか見えなかった。顔の右半分がどす黒く腫れ上がり、裸の上半身に三列の大きな裂目が斜めに走っている。紫の桑の実のような血の塊が傷口にこびりついている。四人目の男は端整な顔立ちをした本土出身の兵隊らしい男で、一見どこにも傷を負っているようには見えなかったが、襟口に目をやると首が後ろから半分以上切れていた。

足元の男は踵に口をつけ、足の裏をなめ始めた。恐ろしさとくすぐったさで、徳正は顔を歪め、おかしくなりそうな頭を正常に保とうと豊年祭の村踊りの歌詞を諳《そら》んじた。しばらくして水を呑んでいた男が立ち上がった。間を置かずに、先頭に立っていた男がしゃがんで水を飲み始める。

男＝兵士達はその夜から毎晩訪れるようになるのだが、彼らは徳正が十七歳の師範学校生徒だった時に結成された鉄血勤皇隊（決戦の時を迎えて、沖縄の中学生や師範学校生徒によって結成された日本軍への支援部隊）で一緒だった石嶺をはじめとして、徳正たち元気な者が撤退する時に壕に残してきた負傷者たちであった。沖縄戦で、壕に立て籠もった日本軍や住民をもっとも悩ましたのは、水であった。周囲を海に囲まれた沖縄は、一見すると水に恵まれているように思われがちだが、今でも実は水の確保が最も肝心なことの一つになっている。敗走中の沖縄戦では、なおさら水は重要なものであった。多くの戦傷者たちが「死に水」も与えられずに犠牲になっていった、それが沖縄戦だったのである。

徳正の足から滴り落ちる水を呑みに入れ替わり現われる戦傷者たちの一人石嶺は、敵の砲弾によって腹に重傷を負ったため、徳正によって壕に置き去りにされたのであるが、そのことを徳正は今でも後悔しており、一日たりとも忘れることがなかった。

「イシミネよ、赦《ゆる》してとらせ……」

土気色《つちけいろ》だった石嶺の顔に赤味が差し、唇にも艶が戻っている。怯えや自己嫌悪のなかでも茎は立ち、傷口をくじる舌の感触に徳正は小さな声を漏らして精を放った。

唇が離れた。人差し指で軽く口を拭い、立ち上がった石嶺は、十七歳のままだった。正面から見つめる睫の長い目にも、肉の薄い頰にも、朱色の唇にも微笑みが浮かんでいる。ふいに怒りが湧いた。

「この五十年の哀れ、お前が分かるか」

石嶺は笑みを浮かべて徳正を見つめるだけだった。起き上がろうともがく徳正に、石嶺は小さくうなずいた。

「ありがとう。やっと渇きがとれたよ」

きれいな標準語でそう言うと、石嶺は笑みを抑えて敬礼し、深々と頭を下げた。

戦後五十年以上経っても、沖縄から戦争の呪縛は解けない、その現実を目取真俊の『水滴』は奇譚《きたん》として見事に描き出したが、ここに戦争後一九七二年までアメリカ軍の支配下（占領下）にあった沖縄の戦後史を重ねると、沖縄戦＝太平洋戦争の一側面がよく見えてくるのではないだろうか。沖縄の現代文学が多かれ少なかれ沖縄戦や戦後の被占領に関わらざるを得ないのも、それが重い現実として現在にまで影を落としているからであることを私たちは忘れてならないだろう。

## 第六節　軍隊を描く――野間宏『真空地帯』大西巨人『神聖喜劇』

日本軍が軍隊外の世界、つまり人々が生活する場を「地方」と呼びならわしてしたことは、図らずも軍隊中心主義の思想で自らを武装していたことを表すものであった。二等兵から大元帥（天皇）まで厳密な階級制度によって形成され、しかも「上官の命令は、天皇の命令と同じ」という上意下達の支配構造に支えられた軍隊は、「地方」とは全く別な価値体系を持つことによって、特別な世界を形成する。特に日本軍の場合、ピラミッド構造の底辺を形成する兵卒を教育訓練する場所としての「内務班」は、独特な世界であった。

内務班が特殊な空間であったのは、そこにおいて日常的に教育訓練と称して上級者による下級者（初年兵）に対する「私刑《リンチ》＝いじめ」が行われていたからであった。先の古山高麗雄は、『戦友』（七七年）の中でその私刑について、次のように簡潔に説明している。

ビンタにも、対向ビンタといって、上級者は自分では手を下さず、二人を向かい合わせて、互いに殴らせるというのがあった。整列ビンタといって、一列横隊に列《なら》ばせて、一人一人順次に殴って行くというのもあった。鶯の谷渡りというのは、寝台の下を潜らせて、寝台と寝台の間から首を出させ、ホーホケキョと言わせる。内務班のずらりと並んだ寝台を次々に潜らせて、ホーホケキョを繰り返させるのである。蟬というのは、柱に抱きつかせてミンミンだとか、ツクツクホウシだとか、言わせるのである。自転車というのは、部隊によっては、郵便屋だの電報配達だのと言っていたようだが、テーブルとテーブルの間で、テーブルに手をついて体を宙に浮かせ、自転車のペダルを踏むかたちで、両足を交互に漕《こ》ぐのである。私刑の執行者は、速力を上げろだの落とせだのと号令をかけて、面白がるのである。女郎屋というのは、銃架を遊廓の格子に見たてて、ちょっとお兄さん、寄ってらして、ちょっと、ちょっと、などと言わせるのである。

よくぞここまでと思うが、そんな内務班＝軍隊に陸軍刑務所から二年の刑期を終えて木谷上等兵（一等兵に降格）が帰ってくるところから、野間宏の『真空地帯』（五二年）は始まる。木谷は、二年前軍隊内で窃盗を行い刑務所に入っていたのである。貧しい小作人の次男として育ち、「地方」で下積みの生活をしてきた木谷の唯一の楽しみは、飛田遊廓の花枝に会うことだけだった。だが、上等兵の身分では郭《くるわ》通いもままならず、悶々としていたときに上司であった林中尉の財布を拾い金を抜き取ったことから、なぜか経理部内の対立に木谷は利用され、渦中の人間となっていたのである。軍隊内の金品を取り扱う経理部では、「甘い汁」を吸おうとする上級者同士の争いが絶えず、木谷はその醜い争いに巻き込まれたのである。木谷が帰ってきた原隊には、幹部を除いて木谷の過去を知る兵隊は一人もいなかったが、師団から送られてきた書類から木谷の過去を知った曽田一等兵は、木谷の「反抗」記録から、木谷も自分と同じ「（戦争の）抵抗者」だと思い、何かと理解と同情を寄せる。しかし、木谷は自分の殻に閉じこもって曽田に心を開かない。曽田は大学出のインテリで幹部候補生への道を拒否していたが、木谷にしてみれば自分の境遇とは余りにかけ離れており、曽田の思いを理解できなかったのである。そして、林中尉のために二年の刑務所暮らしをするようになったことを知った木谷は、林中尉への復讐心を燃やして、彼の所在を探し続ける。

一編の粗筋は以上であるが、日本軍の特徴は内務班にあり、その内務班が余りに閉鎖的であることから「真空地帯」と名付けた野間宏は、この長編の創作意図を次のように書く。

私は軍隊をとらえるためには内務班をまずとらえなければならないと考えている。なぜといって内務班というものは、野戦に出て班編成が、戦闘隊編成になったときでも、同じようにそこに存在するのである。行軍し小休止するとき、そこに生じるのは内務班と同じものである。そして兵隊はこの内務班に規整され、しばられながら、戦闘をつづけてゆくのである。内務班が消滅するのは、逃走したとき、または捕虜になったときである。この一丁四方の空間は、兵隊が動くところいずこにも成立し、これによって兵隊はたたかう兵隊となるのである。（中略）

戦闘こそ軍隊の本質であり、資本主義、帝国主義の本質なのである。しかし、私が『真空地帯』でかきたかったことは、知識人と革命家の責任ということであった。私は木谷によって戦時中の日本の国民を考えたいのである。

（「『真空地帯』を完成して」五二年）

果たして階級関係の厳しい日本の軍隊内において、「知識人」に何ができたのか。あるいは、現実的な問題として軍隊内に「革命家」は存在したのか。確かにロシア革命では戦艦ポチョムキンの反乱が革命のきっかけを作ったが、日本軍でも軍隊内蜂起が可能であったか。そのことを考えると、野間宏の創作動機は現実的な問題として「見果てぬ夢」であったと思わないわけにはいかない。しかし、それとは別に『真空地帯』が私たちに開示しているものは、凝縮された組織である軍隊＝内務班において、人は限りなく「人間性」を剝奪され、食欲、性欲、睡眠欲といった動物的本能をむき出しにし、「生存」だけをただひたすら求めるロボット的存在になるということである。『真空地帯』に登場する被服係の下士官やその他の下士官（班長）たち、あるいは林中尉のような部隊幹部たち、さらに言えば彼らに牛馬の如くこき使われ、その揚げ句に古山高麗雄があげた私刑を甘受する兵隊たちの姿を知ると、まさにそのように思われる。

また、野間宏にはフィリピン戦線における自らの戦場＝戦闘体験を基にした『バターン白昼の戦い』（五二年一二月）、『南十字星下の戦』（五三年六月）、『砲車追撃』（同年一〇月）、『コレヒドールへ』（五八年八月）という短編連作の形で書かれた戦争小説がある。そして、これらの作品を読むと、野間が言うように戦場においても「内務班」が機能していたことがよくわかり、なぜ野間宏が『真空地帯』を書こうとしたのかが理解できる。下級兵士（初年兵や補充兵）たちは戦場においても、古年兵や下士官から文字通り「牛馬の如く」、時には「牛馬以下」の扱いを受けていたのである。もちろん、全ての将兵が階級によって行動していたわけではない。多くの戦記や戦争回顧録の類が伝えるように、階級の枠を取り払って初年兵や年取った補充兵に一個の人間として接する「よい士官」や「優しい下士官・古年兵」も、少数だが存在した。しかし、大部分は「地方」と違う構造の階級社会に安住して、下級者に対する理不尽な振る舞いを何の痛苦も感じないまま平気で行っていた。「地方」にいれば、よき父、よき夫、よき息子であるはずの人間が、軍隊において鬼のように振る舞って恬《てん》として恥じない、そんな将兵を作るのが軍隊＝内務班だったのである。もっとも、厳しい訓練を行わないと、いざ戦闘となった時に果敢に対応できず、いい加減だと本人の生命だけではなく部隊全体に悪い影響をもたらす、だから内務班では「戦闘ロボット、マシーン」となるまで下級者を鍛え上げるのだ、という理屈のあることも承知している。しかし、そのことと人間を牛馬並み、あるいは以下に扱うこととは別な問題である。

野間宏の『真空地帯』を、軍隊が「半封建的絶対主義」の性格、つまり身分制社会の構造を持つことと民衆の後退的要素＝長いものには巻かれろという意識とが癒着したものであるとの本質を見抜かない「俗情との結託」であると批判した大西巨人は、一九六〇（昭三五）年一〇月から「新日本文学」誌上でこれぞ軍隊＝内務班小説の白眉とも言うべき『神聖喜劇』の連載を開始する。連載は七〇（昭四五）年一〇月で中断するが、その後も書き継がれて全五巻八部（第一部「絶海の章」、第二部「混沌の章」、第三部「運命の章」、第四部「伝承の章」、第五部「雑草の章」、第六部「迷宮の章」、第七部「連環の章」、

第八部「永劫の章」）で完結する。この重厚大部な作品は、対馬要塞の重砲兵連隊に入隊した補充兵と彼らの教育にあたった士官、下士官、古年兵たちとの関係＝確執・抵抗・戦いを軸に展開する。補充兵の中心にいるのが、虚無主義者の主人公東堂太郎である。彼は超人的な記憶力とそれを駆使した鋭い論理で、上級者たちの理不尽な「暴力」に立ち向かう。具体的には、軍隊内務令、砲兵操典、陸軍刑法などといった軍を支える諸法規を逆手にとって彼らに対抗し、おのれを恃《じ》しつつ「聖戦」の意味、革命の可能性、生死の意義、等について考えるのである。東堂太郎の思考は、武士道の倫理やおのれの恋愛＝情事、天皇制の問題、等々、多岐にわたっていてその全体は簡単に概説できないが、日本の「軍隊」をどう捉えていたかということに絞って言えば、軍隊＝日本軍は東堂たち補充兵を直接教育する内務班班長大前田軍曹の、戦地＝中国戦線での「蛮行＝三光作戦」を許容する組織として描き出される。大前田班長は、自分が中国で行った三つの蛮行を補充兵たちにひけらかし、自分と同じような兵士にすることが自分の任務であると信じて疑わない人物として設定されている。大前田軍曹が行った蛮行は、次のようなものである。

その一つは、人間を生きながら丸焼きにするには、二分間が必要である。あるいはわずか二分間しか必要でない、という話しであった。もっとも、それをうまくやり遂《と》げるためには、前もってその「チャンコロ」に石油を十分に浴びせておかなければならない、と彼は忘れずに言い添えていた。

その二つは、大前田軍曹らが、抗日容疑の中華民国民間人（？）をいちどきに数人捕らえた機会に、拷問《ごうもん》の一方法として、大ぜいの日本軍人が見ている前で、その捕虜《ほりょ》たちの男女一組に丸裸かに

> ならせ、性交の実演を強要した、という話しであった。（中略）
> その三つは、華中《かちゅう》のどこかで、大前田（当時兵長）以下上等兵、一等兵の三人組が、物資徴発の目的で一民家に押し入った際に犯した凌辱《りょうじょく》ならびに殺人の話しであった。（中略）彼らは、代《か》わる代わるに、二人の中華民国婦人の凌辱を彼女らの良人であり父である一人の中華民国男子の目の前でやって退《の》けただけでなく、始めから仕舞いまでその情景を見届けることをその男子に強制しつづけた。このいくぶん特徴的なやり口がほかならぬ彼自身の思いつきであったことを、大前田軍曹は、誇っていた。事後に彼らは、親子三人を銃剣で刺し殺した。
> （傍点原文）

たぶん、大前田軍曹だけが特別な存在だったのではなく、戦争＝軍隊というものがこの大前田軍曹のような兵隊を続々と作ったのである。それ故に大西巨人は、このような下士官に新兵＝補充兵の「教育・訓練」を任せる日本の軍隊およびその軍隊に支えられた日本という「国家」そのものを、さらには戦争を必然とする「帝国主義国家」というものの本質をこの長大な作品で問うていると言える。『神聖喜劇』が、戦後に書かれた戦争文学において重要な位置にあるのは、内務班という「特殊ノ境涯」（軍隊内務令）を通じて、国家の根本的諸問題を撃っているからに他ならない。

## 第七節　敗戦後の中国で——武田泰淳『蝮のすゑ』堀田善衞『歯車』

当たり前のことだが、アジア太平洋戦争は一九四五（昭二〇）年八月一五日に終わったわけではない。特に「外地」では、後で見るように「シベリア抑留」や「戦犯裁判」、あるいは「引き揚げ者＝送還者」問題などに象徴される「戦後処理」があり、戦争は戦後も持続していた。つまり東南アジア、南太平洋、そして中国、朝鮮に残された兵士・民間人は、敗戦国の国民としてさまざまな辛酸や労苦・悲劇を味あわなければならなかったのである。例えば、北朝鮮からの逃避行を書いてベストセラーになった藤原てい（新田次郎夫人）の『流れる星は生きている』（四九年）などの体験記や手記の類が、そのことを具体的個別的な形で明らかにしているが、戦後も持続する戦争によってその後の人間観・世界観、あるいは生き方が問われるような作品が数多く書かれた。

左翼運動の挫折＝転向体験があり、戦時下の抑圧的状況を絶望的な思いで過ごしていた武田泰淳は、戦後文学を代表する作家の一人であるが、戦時下においても、歴史を創り出すのは個人であり、政治的人間とは行為する人間であるという大胆な史観・人間観を打ち出した『司馬遷』（四三年・昭和一八年）を東洋思想叢書の一冊として刊行したことで知られていた作家でもあった。宦官《かんがん》という屈辱的な境遇の下にあって、『史記』百三十巻を書いた司馬遷の思想と自らの境遇を重ねて書いたこの史伝は、戦後の上海を背景に戦争に翻弄された人間を描いた『蝮のすゑ』（四七年）に通底している。

武田は、日中戦争の勃発に伴い一九三七（昭一二）年一〇月に召集を受け、輜重《しちょう》補充兵として中支に派遣され、三九（昭一四）年一〇月上等兵として除隊になる。「ぼくが上陸したのは上海の港から少し離れたところでね、そこに上陸してさいしょに会った中国人は、生きた中国人じゃなかった。死骸になった中国人だった。そうしてそれからズッと、まあ、半年くらいは毎日死骸を見た。食事をとるときも、寝るときも、井戸の中にも、川の中にも、丘の上にも、あるものはぜんぶ死骸ですからね、いやでも、その間を縫って歩かなきゃならなかったわけです」（堀田善衛との対話『私はもう中国を語らない』七三年刊）、という戦場体験が武田の原点となっている。

一九四四（昭一九）年六月、除隊した武田は中日文化協会に就職するため再び上海に渡り、そこで敗戦を迎える。この敗戦を間にはさむ上海体験から多くの作品が生み出されているが、それらを代表するのが「生きて行くことは案外むずかしくないのかも知れない」という言葉で始まる『蝮のすゑ』である。敗戦後の上海で、中国語の書類を作る代書業を始めた詩人の「私＝杉」は、ある日若い女性から人生上の相談を受ける。軍の宣伝部で責任ある立場にあった男が部下の妻である自分を襲い、その後愛人のような扱いを受け、夫は病床に臥《ふ》せっているのでそんな関係を清算したいというのである。戦争中はいっぱしの文化人風を装っていたその男（辛島）は、中国の当局に捕まれば死刑を含めた重い刑を受けるだろうとの思いから、戦後は本性をむき出しにして自暴自棄的に振る舞っている。辛島も、若い人妻も、そして愛情を感じ始めた彼女のために辛島を襲った「私」も、この上海では……。そして、辛島は人妻の雇った別な殺し屋に殺されるが、引き揚げ船の中で「私」も、日本を目前に夫を亡くした人妻も、帰国したからといって決して「幸福」にならないのではないかという予感を抱きつつ、鹿児島港での下船を待つ。

死と生が背中合わせになっていた敗戦直後の上海で武田泰淳は何を思っていたのか、『滅亡について』（四八年四月）というエッセイの中で、次のように書いている。

おごれる英雄、さかえた国々、文化をはな咲かせた大都会が亡び、消え去った歴史的現象を次から次へと想いうかべる。『聖書』をひらき、黙示録の世界破滅のくだりを読む。『史記』をひらいては、春秋戦国の国々が、滅亡して行く冷酷な、わずか数百字の短い記録を読む。あらゆる悲惨、あらゆる地獄を想像し、想起する。すべての倫理、すべての正義を手軽に吸収し、音もなく存在している巨大な海綿のようなもの。すべての人間の生死を、まるで無神経に眺めている神の皮肉な笑いのようなもの。それら私の現在の屈辱、衰弱を忘らしめるほど強烈な滅亡の形式を、むりやり考え出してはそれを味わった。そうすると、少しは気がしずまるのであった。(その一)

武田には、他に『審判』(四七年)や『「愛」のかたち』(四八年)、『非革命者』(同)といった敗戦直後の上海を舞台にした作品が少なからずあるが、それらは皆「司馬遷は生き恥さらした男である。士人として普通なら生きながらえるはずのない場合に、この男は生き残った。口惜しい、残念至極、情なや、進退谷《きわ》まった、と知りながら、おめおめと生きていた。」(『司馬遷』冒頭文)という言葉に表されたおのれの思想的立場と、「生きて行くことは案外むずかしくないのかも知れない」(『蝮のするゑ』)という開き直りとも虚無とも言える心情を基底に持っていた。

そんな武田泰淳に対して、全く同じ時期に上海にいた堀田善衛は、無謀な戦争に国民を引きずり込んだ日本という国に対して深い「絶望」を感じていたという点では武田と同じであったが、その対処の方法はずいぶんと違っていた。堀田は、日本という国を見捨てる、あるいは日本という国に何も期待しない思想を持つに至ったのである。「反日」ならぬ「厭日」思想で自らを装うと言ったら、一番適切か。堀田に『祖国喪失』(五〇年)というその「厭日」に追い込まれる人間を描いた作品があるが、敗戦後の上海で学生や文化人の動向を調査する政府（国民党政府）の機関に徴用された『歯車』（五一年）の主人公を、「彼などの居場所が日本のどこにもないような強迫観念にかられ」る人物として描き出す。

そして堀田善衞は、戦中―戦後の中国体験から「組織と個人（の対立・葛藤）」という生涯を貫く文学的主題を発見する。またそれとは別に、例えばこの作品の主人公のように中国国民党の仕事に就いた人間を描くことで、戦争―敗戦の混乱した現実が祖国＝日本に愛想尽かしする人間を輩出させたことにも深い関心を寄せた。後に堀田善衞は、自らもスペインに十年住むなど、コスモポリタン的な人生を送ることの意味を自らの実践で確認するが、中国共産党に入って中国革命に尽力した人間、あるいはベトナムで対仏民族解放戦争に参加した人、インドネシアで独立運動に貢献した人、さらには東南アジアや南太平洋の各地域に帰国せず留まった人たちへのシンパシー（同調）は変わらなかった。

それに加えて、例えば五味川純平の『人間の条件』（全六巻　五六～五八年）の主人公のように、戦場となった中国大陸やアジア各地で敗戦後に祖国＝日本からの保護や援助が全くない状態のまま逃避行を続け、遂に帰らぬ人となった人たちのことを考えると、国＝国家とは何か、戦争とは何か、人間とは何か、と改めて問わざるを得ない。しかも、武田泰淳や堀田善衞の中国（上海）を舞台にした小説を読むと、戦争はどのような「善」ももたらさず、人間を不幸にすることばかりなのに、なぜ「英知」を持った人間がそのような蛮行をやめることができないのか、と考えさせられる。

# 第五章　検証——戦時下と戦後

## 第一節　島尾敏雄の戦争小説——『出孤島記』『出発は遂に訪れず』『震洋発進』ほか

人の生死が「偶然」によって左右されることはよくあることだが、戦争時ではそれが際立つように思われる。映画にもなった『死の刺』（六〇〜七六年）でよく知られる島尾敏雄は、九州大学在学中の一九四三（昭一八）年、二十六歳で海軍予備学生に志願し、旅順の教育部に入隊する。そして、そこでの教育が終了して中尉となった島尾は一九四四（昭一九）年一〇月、海軍特別攻撃隊第十八震洋隊の隊長として奄美群島加計呂麻島で過ごすことになる。震洋隊が用いることになっていた秘密特攻兵器〇四艇（震洋）とは、島尾の記述に従えば、次のようなものであった。

長さ五米、幅約一米の大きさを持ったベニヤ板で出来上がっている、木っ葉舟がそのボートであった。一人乗で目的の艦船の傍にもって行って、それに衝突し、その場合頭部に装置してある火薬に電路が通じて爆発することになっていた。衝突場所がうまく選ばれていた場合には、多分二隻で目標の輸送船一隻を撃沈させることが出来るであろう。もう少し欲を出して軍艦一隻を轟沈させる為には、近接が成功したとして更にもっと多数の我々の自殺艇を必要とするだろう。そして我々乗組員はそのような戦闘場裡にあって、沈着に、突撃の百米程前方で、進路を絶好の射角に保ったまま舵を固定して海中に身を投じてもよいことにはなっていた。もしそんなことが出来るとすれば。

（『出孤島記』四九年）

火薬の量は、一人乗りで二五〇キロ、二人乗りで三五〇キロであったという。震洋隊は、国外ではボルネオ島のサンダカンやマニラ湾口のコレヒドール島、中国の海南島、澳門、香港、台湾、舟山列島、朝鮮の済州島などに、また国内では長崎県や宮崎県の一部を除き沖縄から東北宮城県の宮戸島まで全部で百十三部隊が設置され、六二〇〇隻余りの震洋艇＝自殺艇による特攻が準備されていた。震洋隊は、劣勢を挽回するための、あるいは本土決戦に備えた「玉砕戦法」の一つであった。島尾は、その震洋隊の隊長として、加計呂島で「死を覚悟した日々」を戦争が終わる一九四五（昭二〇）年八月まで過ごしたのである。

『出孤島記』、『出発は遂に訪れず』（六二年）、『その夏の今は』（六七年）は、いよいよ島尾部隊に出動命令が下された八月十三日前後から敗戦直後の震洋隊基地と島の人々の生活を描いた、短編連作と言っていい作品である。かねてから死は覚悟していた「私」であったが、いざとなると「動揺」を隠せない。

私は部屋の中で死装束をつけた。つまり自殺艇に乗込む為の服装になった。此の一ぺん限りの時の為に、いつもおさらいをしていた順序で、ふだんの略服の上に、飛行服をかぶった。私はその時に、袖やズボンに手足がうまくはいらないようなことになることをどんなに怖れたろう。然しそれも、どうやら右左を間違えずに着け了《おわ》ることが出来た。ただふと気持が内に向くあの自分の体臭をしみじみと嗅ぐ気分の中で、もうこの服も脱ぐことはないのだという、ひとりぼっちにされた寂しさを感じた。この身のいとおしさ。N。今の私はNが髪振り乱して狂乱している姿をしか想像できない。(中略)それから、飛行帽をかぶり、双眼鏡を首にかけた。力が手足から抜けてしまって、しびれたようにぐったりとなっている自分の肉体を感じながら、然し次第にいつもの時の平常な気持を取戻しつつあることを喜んだ。誰の為に喜んだのかは知らないけれど。

ここに出てくる「N」は、後に島尾夫人となるミホのことであるが、それはともかくとして、島尾の戦争文学は、「死」を目前にした主人公がそのような死を強要するものと正面から向き合い、そしてその死を受け入れ、しかもそのような自分の心的状況を客観的に捉えようとしている点に特徴がある。別な言い方をすれば、「死」を受け入れざるを得ない状況にありながら、「生」を暗黙の前提とするNとの恋愛に誠意を持って応えようとする島尾中尉の揺れ動く心理の全体が、『出孤島記』以下の作品には顕わになっているということである。「もし出発しないなら、その日も同じふだんの日と変わるはずがない。一年半のあいだ死支度をしたあげく、八月十三日の夕方防備隊の司令官から特攻戦発動の信令を受けとり、遂に最期の日が来たことを知らされて、心にもからだにも死装束をまとったが、発進の合図がいっこうにかからぬまま足ぶみをしていたから、近づいて来た死は、はたとその歩みを止めた。」で始まる『出発は遂に訪れず』に、次のような記述がある。

重なり過ぎ去った日は、一つの目的のために準備され、生きてもどることの考えられない突入が、その最後の目的として与えられていた。それがまぬかれぬ運命と思い、その常態に合わせて行くための試みが日々を支えていたにはちがいないが、でも心の奥では、その遂行の日が、割《さ》けた海の壁のように目の前に黒々と立ちふさがり、近い日にその海の底に必ずのみこまれ、おそろしい虚無の中にまきこまれてしまうのだと思わぬ日とてなかった。でも今私を取りまくすべてのものの運行は、はたとその動きを止めてしまったように見える。目に見えぬものからの仕返しの顔付でそれは私を奇妙な停滞に投げ入れた。（中略）からだは死に行きつく路線からしばらく外れたことを喜んでいるのに、気持は満たされぬ思いに取りまかれる。目的の完結が先にのばされ、発進と即時待機のあいだには無限の距離が横たわり、二つの顔付は少しも似ていない。

この後、島尾たち震洋特攻隊員たちは八月十五日の「玉音放送」を聞くことになるのだが、覚悟していた「死」が引き延ばされ、「生」と「死」のはざまに投げ出された人間の心理を、島尾の文章はよく伝えている。「玉音放送」直後の部隊と島の人々とを描いた『その夏の今は』も、「死」から解放された人々が「生」に向けて戸惑う様を伝えて、尋常ならざるものがある。いかに強固に見える階級組織も、その組織の枠が外れた途端にがたがたと崩壊する様子を、『その夏の今は』は描いていると言えばいいだろうか。

だが、考えてみると、島尾たちの「木っ葉舟」による震洋特別攻撃隊も、また航空機による神風特別攻撃隊も、人間の生命を最も軽視した戦法という意味で、この国の明治以来の近代社会が未だに「忠義—御恩」や「滅私奉公」に表徴される封建遺制のただ中にあったことを物語っており、反生命思想《ヒューマニズム》をいかにも象徴するものであった。戦争は、いかなる意味においても反人間的な出来事だと言っていいが、震洋特別攻撃隊や神風特別攻撃隊の存在は、その最たるものを象徴していた。

だからこそ、島尾敏雄は戦後何十年経っても、自分の「生」(と死)の原点である震洋特攻隊のことが忘れられず、震洋隊の駐屯基地跡をめぐる、言ってみれば「鎮魂《レクイエム》」の旅を行わなければならなかったのである。短編連作『震洋発進』(八七年)は、その経過報告と言える。『震洋の横穴』、『震洋発進』、『震洋隊幻想』、『「石垣島事件」補遺』の四編が集められたこの本によれば、島尾は四国高知県から震洋隊跡地めぐりを始めている。その理由について、この書が刊行される前年に亡くなった島尾に代わって夫人のミホは、「『震洋発進』への思い」の中で次のように記している。


震洋隊基地跡巡りを島尾が実際に始めたとき、先ず最初に四国を選んだのは、島尾の心の自然の動きなのだと私にはうなずかれます。

彼は第十八震洋隊から一人の戦死者もださずに全員無事帰還出来たことが、指揮官としては何よりの安堵だと復員直後から思い続けていたようでしたから、高知県香美郡《かみ》夜須町《やす》手結山《ていやま》の第一二八震洋隊の悲劇は、ずしりと重く彼の胸底深く沈んでいたようでした。敗戦の衝撃に打ちのめされた翌日の、昭和二十年八月十六日に、手結山の第一二八震洋隊が接近して来たアメリカ艦船に全艇隊挙げて突入したという報告を受けたとき、同じ震洋隊の指揮官の立ち場にいた島尾の心の揺れうごきは、「震洋の横穴」に述べられていますが、あの土佐湾岸の第一二八震洋隊は艦船へ突撃したのではなくて、暴発による事故で壊滅したのであったと後で聞いたときには、強烈な衝撃を受け、第十八震洋隊の僥倖を神に感謝せずにはいられなかったにちがいありません。

実は島尾も加計呂島で、同じような震洋艇の暴発事故に遭遇するところだったのである。八月十三日に特攻戦発動の指令が来た夜、出撃準備をしていた島尾の隊に所属する一隻の震洋艇の信管が爆発し、幸いなことに火薬は散乱しただけで点火せず大惨事を免れるという事故があった。島尾にはそのことも生涯にわたる痼《しこ》りの一つになっていた。また『震洋隊幻想』には、米軍捕虜を虐殺した「石垣島事件」に関与した第二十三震洋隊のことが書かれているが、特攻隊に配属されただけでなく、戦後の戦犯裁判にまで引きずり出される羽目になった震洋隊員の「悲劇」に、島尾敏雄は最期までこだわり続けていた。その意味で、戦後における島尾敏雄の人生は、ずっと戦争に呪縛されたものであったと言える。

なお、特攻隊のことに触れたので、島尾敏雄とは関係ないが、一つだけ記しておきたいことがある。それは、私たちの多くが「大和魂」や「散華」の精神を体現した神風特攻隊は日本人だけで編成されていたと思いがちであるが、飯尾憲士の『開聞岳』（八五年）などによれば、三七〇〇人余りの神風特攻隊戦死者の中に判明しているだけで十名近い朝鮮人（創氏改名によって日本名を名乗っていた）が混じっていたということである。つまり、「大和魂」や「散華」といった思想が、為政者やそれに追随する人たちによって都合よく仮構されたものにすぎないことを肝に銘じるべきである、ということに他ならない。

## 第二節　終わらない「戦争」――井伏鱒二『遙拝隊長』遠藤周作『海と毒薬』

戦争は、どんなに「正義」を振りかざしても、あるいはどのような「大義」を掲げようとも、それが多くの人の生命を奪い、人々の生活する場を破壊するという意味で、反人間的所業以外の何ものでもない。特に、核兵器やクラスター爆弾などの大量殺傷破壊兵器が開発された二〇世紀後半以降の戦争においては、どのような「正義」や「大義」、つまり「建前＝弁明・理屈」を唱えようと、それが人類やこの地球に敵対する根源的な犯罪行為に他ならない。現代の戦争が軍隊同士の戦いだけではなく、湾岸戦争・イラク戦争におけるアメリカ軍のピン・ポイント爆撃が象徴するように、彼らが発射したミサイル（爆弾）によって破壊されたものは軍事施設だけではなく、誤爆の場合はもちろん、投下された爆弾や発射されたミサイルの下で生活している人々の生命や財産であったという事実が、如実にそのことを物語っている。

先に第三章第二節で取り上げた井伏鱒二が、敗戦後の一九五〇（昭二五）年の二月に発表した『遙拝隊長』は、何でもない普通の庶民が戦地での思いがけない事故で頭と足を負傷し、そのことが原因で「気違い」となり、「びっこ」になり、帰還した生まれ在所の村で奇矯な振る舞いを続けるという話である。主人公は、遙拝隊長こと岡崎悠一である。井伏は、悠一の「異常ぶり」を次のように書く。

岡崎悠一（三十二歳）は気が狂っている。不断は割合おとなしくしているが、それでも、いまだに戦争が続いていると錯覚して、自分は以前の通り軍人だと感違いしている。することなすこと、或《あ》る点では戦争中の軍人と変わるところがない。食事のときなど、お膳《ぜん》に向って不意に威儀を正すかと思うと「一つ、軍人は忠節を盡すを、云々《しかじか》……」と、例の五箇条の文章の暗誦《あんしよう》をはじめることがある。お袋が煙草を買って来てやると、恩賜の煙草だと云って、感極《かんきわ》まったような風で東の方に向って遙拝《ようはい》の礼をすることがある。道を歩きながら、突如として「歩調をとれえ」と、気合いを込めた号令をかけることがある。

悠一は、母子家庭の子どもでありながら成績が優秀だったので、村長や小学校長の推薦を受けて入学した幼年学校から士官学校を経て、二十二歳で少尉に任官し、マレーに派遣された三年後に中尉に昇級した、かつては村が誇る軍人であった。その彼が、負傷して「気が狂った」状態で帰還したのである。戦中から戦後間もなくまでは、何故悠一がそんな状態になって帰還したのか誰も知らなかったが、ある一人の村人（与十）がシベリア抑留より帰還したことから、悠一の負傷と「気違い」の原因が判明する。与十は、敦賀から帰ってくる汽車の中で悠一のかつての部下と偶然出会い、悠一が事故を起こし負傷する顚末の一切を聞いたのである。それによれば、悠一は敵が破壊したため仮橋となっていた橋の上で故障したトラックの荷台から兵士と共に川に転落するという事故に遭い、負傷したというのである。井伏は、この悠一が受けた事故について、さりげなく次のように記す。

友村上等兵はコンクリート橋の残骸に脳天を打ちつけたので、流れのなかに転がり落ちる前に気を失っていたかもわからない。もしそうだとすれば、水のなかで窒息死は免れると衛生兵は云うのだが、とうとう当人を捜しあてることが出来なかった。戦争は贅沢《ぜいたく》だと云ったばっかりに、死ぬ直前に平手打ちを喰らわされて、故障車から転落する巻添えまで喰らった。おまけに、頭をコンクリートに打ちつけて、名前も知れぬ濁り川に沈められ、さんざんな仕打を受けている。まるで戦争というものを、瞬時の間に縮尺して見せてくれたようなものである。戦争は贅沢どころの騒ぎではない。

隊長は蘇生《そせい》したが、苦しそうに溜息《ためいき》ばかり吐きつづけるので、トラックでなく担架で野戦病院に運ぶことにした。溜息だと見えたのは、呻《うめ》き声の微《かす》かなものであったろうか。

井伏の筆は、悠一に対する「同情」にだけでなく、「名前も知れぬ濁り川」で行方不明となった友村上等兵の「無念」や「やりきれなさ」にも及んでいる。戦時中はもちろん、戦後になっても本人及び家族に「被害」をもたらす戦争に対する井伏の立場は、作中で悠一隊長を野戦病院まで担架で運んだ兵士の一人に、「あれを見い。マレー人が、わしゃ羨《うらや》ましい。国家がないばっかりに、戦争なんか他所《よそ》ごとじゃ。のうのうとして、ムクゲの木を刈っとる」と言わせていることから、明白である。この井伏の国家と戦争とに対する考えは、井伏の持論であったことが、この『遙拝隊長』から十年後に書かれた原爆文学の傑作『黒い雨』（六六年）の中でも同じようなフレーズが使われていることからも分かる。『黒い雨』の中で井伏は、被爆後の広島市街で救援隊として死体処理をしていた兵士の一人に、「わしらは、国家のない国に生まれたかったのう」と呟かしている。井伏は、「国家」というものが戦争を引き起こす元凶であることを、戦時下の体験から摑んでいたと言っていいだろう。

気が狂ったために戦後の「民主主義社会」になっても「（天皇・宮城）遙拝」を続けている悠一は、紛れもなく戦争の犠牲者であるが、戦争が人々にもたらした「傷」は、戦地にあった人たちだけではなかった。遠藤周作の毎日出版文化賞、新潮賞を受賞した『海と毒薬』（五八年）は、敗戦間際に軍部の依頼によって九州大学医学部で行われた米軍捕虜の「生体解剖実験」事件を取り上げた作品である。もとよりこの長編を「戦争文学」の側面からだけ論じるには無理があり、「神」の存在を認めるかどうかといった神学論争の側面も加味しないと、この小説の全体を見通すことができない。そのことを承知で、敢えて戦争文学として考えた場合、戦争が一人の人間に与えた「傷」について思わないわけにはいかない。

医学部第一外科に勤め、主に結核の研究と治療にあたっていた医師の勝呂は、医学部のある九州F市が激しい空襲を受けるようになった敗戦間際のある日、医学部内部の権力争いも絡んだ米軍捕虜の生体解剖の助手になることを勧められる。

一、第一捕虜に対して血液に生理的食塩水を注入し、その死亡までの極限可能量を調査す。
二、第二捕虜に対しては血管に空気を注入し、その死亡までの空気量を調査す。

三、第三捕虜に対しては肺を切除し、その死亡までの気管支断端の限界を調査す。

この三つが生体解剖を行う「目的」で、生体実験は第一外科部長の執刀により総勢五名の医師と二人の看護婦が協力して、軍医や将校に見守られて行われる。物語は、患者本位の治療を行おうとしてきた良心的な青年医師勝呂と、何事にも感情を動かされることのないニヒリストの医師戸田との関係を軸に展開するが、悪魔の囁きに誘われて「やってはいけない行為」に参加した勝呂の解消されることのない懊悩に焦点が当てられて展開する。生体実験、生体解剖というと、私たちはすぐに満州で様々な生体実験を繰り返し、細菌兵器や毒ガス兵器を開発して実戦配備にも力を注いでいた「七三一部隊＝石井部隊」のことを思い出すが、敵に打撃を与えるためにはどのような実験も行い、それを使った兵器も開発する科学者の存在について考えさせられる。「科学」は善にも悪にも利用される両刃の剣なのである。不本意ながら、医学部という封建的組織の内部で抵抗することも叶わず、結果として戦犯に問われ、二年の刑務所暮らしをすることになった勝呂は、まさに戦争の「犠牲者」であった。

「仕方がないからねえ。あの時だってどうにも仕方がなかったのだが、これからだって自信がない。これからもおなじような境遇におかれたら僕はやはり、アレをやってしまうかもしれない……アレをねえ」

と、呟く刑務所から出てきて東京郊外で開業医をしている勝呂医師こそ、心身ともに戦争の犠牲となった者の「傷」の深さを感じさせるものである。

だが、考えてみれば、火野葦平の『麦と兵隊』に登場する中国兵捕虜の首を切った下士官や従軍僧侶、あるいは大西巨人の『神聖喜劇』に出てくる大前田軍曹、さらには中国大陸で何の疑いもなく三光作戦に行った数々の無名兵士たち、南京大虐殺、マニラ、マレー半島の虐殺に加わった兵士たち、彼らが敗戦後無事に帰還したとして、彼らは「平和」な戦後社会の中で何を思って生き続けていたのだろうか。「悔恨」や「自責の念」を胸底に秘め、固く口を閉ざして戦後の時空を生き長らえていったのか。それとも「戦争だから」と開き直って、戦後復興に邁進していったのか。

遠藤周作の『海と毒薬』、あるいは井伏鱒二の『遙拝隊長』は紛れもなく、銃後を含む戦争を体験した全ての人に、もう一度「戦争とは何であったのか」という問いを投げかける作品であった。否、戦争を体験しない世代にもまた、この問いの前で立ち止まることを要求する作品であった。「大義」に殉じることを美しい人間的行為として推奨する小林よしのりの劇画『戦争論』（九八年）が五〇万部を超すベストセラーとなる現在だからこそ、余計そのように思わざるを得ない。

## 第三節　シベリア抑留――高杉一郎『極光のかげに』と長谷川四郎『シベリア物語』

戦争の「傷」と言う場合、戦争世代はもちろん直接的には戦争に関わらない世代も含めて、それぞれ大きい小さいはあっても、ことの軽重はないと言えるだろう。しかし、その規模の大きさと長い痛苦の時間をもたらしたという点で、シベリア抑留に匹敵するものはないのではないだろうか。

一九四五（昭二〇）年八月八日、ヤルタ会談（同年二月四〜一二日）の決定に基づきソ連は日ソ不可侵条約を破棄して日本に宣戦布告し、翌九日から南樺太、満州、朝鮮へと軍を進めた。当時関東軍は二四個師団、七十五万人の兵力を保持しているということになっていたが、主力の十五師団は激戦の続く南方戦線に送られていて、大方は現地召集の兵隊か補充兵であった。そのような軍隊で、スターリン戦車を前面に押し出した精強を誇るソ連赤軍の進撃を阻止できるはずがなかった。例えば、敗戦の時点における満州・関東州の在留日本人は約一五五万人（うち満州開拓民二〇万人）と言われ、ソ連参戦から彼らが日本に引き揚げるまでの間に約十七万六〇〇〇人（うち開拓民七万人）が死亡するという事実がある。ソ連軍は、戦勝国が常とする暴行、略奪、強姦事件などを各所で起こし、よく知られているように日本人避難民たちも集団自殺を行うなど、満州から朝鮮半島にかけて多くの「悲劇」が生じた。「中国残留日本人孤児」が生じたのも、このことが原因であった。

そして、満州、朝鮮半島、樺太に進出したソ連軍は、武装解除した日本軍兵士及び日本人男性を捕虜として自国（シベリア）に搬送した。ソ連軍は、「帰国《ダモイ》」と称して西はウクライナやモンゴル人民共和国のウランバートル、北は北極圏まで、シベリア、沿海州を中心に一二〇〇カ所以上の収容所に彼らを入れ、強制労働に従事させた。その数、数十万人（一九四六年十二月から五〇年四月までに引き揚げた数、ソ連側発表五十一万人余り、日本側の調査で四十七万人余、未帰還者三十七万人）、抑留中に死亡した者の数、数千人から二十万人ほど。未だにその正確な数はわかっていない。ソ連は、森林資源、鉱山資源の豊富なシベリア地方の開発のために日本人捕虜を使ったのである。

捕虜を自国の労働力不足を補うために使役させるというのは、ソ連だけでなく諸外国も行っていたことであるが、日本も戦時中は国内国外を問わず各所で行っていた。有名なミャンマー（ビルマ）でのクワイ河鉄橋架設工事、あるいは上坂冬子が『貝になった男—直江津捕虜収容所事件』（八六年）で明らかにした軍需工場での肉体労働、更には長崎での三菱兵器各工場での労働（彼らの多くは、八月九日の原爆で犠牲者となる）、等々、日本による捕虜の強制労働例は枚挙にいとまがない。その意味では、ソ連の日本人捕虜のシベリアにおける強制労働（抑留）も非難されるべき事柄ではないと言っていいだろう。ただ、厳寒の地シベリアで、十分に食料も与えられない状態で苛酷な森林伐採や鉄道（バム鉄道—シベリア鉄道の一部・支線）敷設の労働に従事させられたこと、および収容所内で「民主化運動＝共産主義化運動」——「世界革命」を最終目的としていたソ連は、日本人捕虜をいかにして共産主義者にして帰国させるかに心を砕き、収容所内でしきりに「学習」と「実践」を行わせた——が盛んに行われたことの特異性において、シベリア抑留は戦争がもたらした大きな「悲劇」であった。

収容所生活がどんなものであったか、シベリア抑留体験を基底とする詩を書いてきた石原吉郎は『無感動の現場から』（七四年『海を流れる河』所収）というエッセイの中で、次のように言っている。

敗戦後の一時期を私もまた、この無感動の現場ですごした。二十五年囚として私が収容されたのは、東シベリアの密林地帯、バム（バイカル・アムール）鉄道沿線の強制収容所である。強制収容所という場所は、外側からは一つの定義しかないが、内側からは無数の定義が可能であり、おそらく囚人の数だけ定義があるといっていい。私なりに定義づければ、そこは人間が永遠に欠落させられる、というよりは、人間が欠落そのものとなって存在を強制される場所である。しかし、こういう奇妙な存在の仕方があることに思い至ったのは、それから二十年たってからである。

この時期の私たちには、すでに生き方の問題はなかった。生き方に代って、生きざまだけが際限もなくあった。私たちの行動を支配していたのは倫理ではなく、不安であった。倫理というものが仮にもしあったとしても、それはもはや人間のなかにではなく、自然のなかにあったとしかいえないだろう。（傍点原文）

「人間」が欠落し、「倫理」が存在しない強制収容所とは、一体何であるのか。石原にはシベリア体験について書いたエッセイを集めた二年前の『望郷と海』（七二年）にも同じような記述があるから、それらを勘案して言えば、シベリアの強制収容所には人間として生きるために必要な「自由」も、また人間関係の根源にある「倫理」も存在しなかったということである。そうであるが故に、シベリア抑留体験は帰還して後アイデンティティーを求める多くの「体験記」や「手記」、あるいは文学作品を残すことになったのだろう。

高杉一郎の『極光のかげに』（五〇年、増補版七七年）と長谷川四郎の『シベリア物語』（五二年）は、異彩と言うか、シベリア抑留の多面性を証す作品として忘れてはならないものである。高杉一郎の方は、語学がいくらかできたということで、収容所では管理者であるソ連軍将校やロシア人女性との交流を描くのに多くのページ数を費やし、『シベリア物語』には、他の体験記や手記が伝える「寒さと飢えに苦しむ」場面がほとんど書かれていない、という特異性を持っている。例えば、『シベリア物語』の次のような記述と先の石原吉郎のエッセイ文とを較べてみれば、その違いが歴然とする。

食堂と便所とそしてその他いろんな建物がそこにあった。理髪所、浴場、医務室、水槽、食糧庫、被服庫、とにかく何でもあった。そして私たちが外部へ出て働く限り、食糧と水と火は門から入って来たのである。そして、スターリン憲法の太陽のもとで、この労働の権利は私たちにいくらでも与えられた。

このように「恵まれた」収容所もあったのかも知れないが、これでは全ての収容所が万全の体制で数十万の日本人捕虜を収容しシベリア開発に従事させていたことになり、なぜ未帰還者（死者を含む）が数万人から数十万人も出たのか説明できなくなってしまうだろう。長谷川四郎は「民主化運動」で洗脳されたが故に、このような小説を書いたのだろうか。それとも、ソ連が労働者や知識人の「希望の星」であった戦後の思想傾向がこの作品には反映していたのだろうか。

一方、記録文学的手法を駆使して書かれた『極光のかげに』の特徴は、自らが負った「戦争の傷」に対して過度に被害者的感傷に陥ることなく、かと言って『シベリア物語』のように楽観的にもならず、淡々とその境遇=運命について記述しているところにある。シベリア抑留の実態を自らの体験に限定してリアルに描きだしている、と言ったらいいだろうか。例えば、「懲罰大隊」へ送られる途中で知り合い、「私のものは彼のものだったし、彼のものは私のものだった」という仲になった河田という捕虜について書かれた部分などに、それはよく表れている。

「ロスケの嘘が気に入らねえ」

と彼は私に説明していった。やがて河田は脱走を企て、そして実際に脱走した。樺太で樵夫だった彼は、迷いこんだたくさんの日本人がそこで命を捨てた密林を恐れなかった。まだ自動車道路が切り拓かれず、ただ測量の標柱がところどころに立っているだけの密林のなかを彼は東へ東へと逃げた。東に逃げさえすれば、満州に出るだろう、と彼は考えた。（中略）大きい燭光の電燈がぎらぎら光っている、四方が鏡の壁の部屋に閉じこめられ、不眠の拷問で自白を責められたこともあった。どの日本人将校と連絡して、何の目的のために、あんなにも遠く探索したのか言え、というのである。日本語のできる将校が、あるときはピストルを構えて、言わないと撃つぞ、と脅した。河田はその毛深い胸をひろげると、右手でばんと平手打を加え、「射て！」と叫んだ。ようやく、彼がどんな将校にも無関係に、地図さえ全く知らずに、満州へ出ようとした無智な脱走兵にすぎないとわかると、釈放されて、もとの収容所へ送り返された。

客観的描写と体験的叙述が入り乱れていて決していい文章ではないが、全編このような調子で抑留体験が綴られているのが『極光のかげに』である。

### 第四節　「青春」を祖国に捧げて——阿川弘之『雲の墓標』吉田満『鎮魂戦艦大和』ほか

アジア太平洋戦争が敗戦という形で終わって五十九年、物心ついてから現在までずっとどうしても分からないことが、一つある。それは、あの戦争に日本（の指導者たち）は本当に勝てると思って戦争を続けていたのか、ということである。連合艦隊司令長官山本五十六は、開戦前（真珠湾奇襲作戦の前）に「半年ぐらいならば勝ち戦をすることができる」旨の進言を軍艦関係者や政治指導者に行ったということであるが、満州事変から日中戦争、アジア太平洋戦争へと続く十五年戦争が一種の消耗戦であったことを考えると、殊更その疑問が強くなる。特に、後退戦を余儀なくされつつあった一九四三（昭一八）年十二月の徴兵猶予撤廃に伴う「学徒動員令」以下、「緊急学徒勤労動員方策要綱」（四四年一月）など一連の未だ教育の課程にある者も戦争に動員せざるを得ない戦争継続政策を考えると、その感が強い。このことは、戦争指導者たちは本当に神風特攻隊や震洋特攻隊、あるいは人間魚雷という捨て身の戦法で戦況をひっくり返せると思っていたのかという疑問と重なる。

学徒兵を中心に、戦争に駆り出され、そして不本意な、あるいは覚悟の死を迎えた人たちの遺書や手記を集めた『きけ　わだつみのこえ―日本戦没学生の手記』（第一集五九年・第二集六三年、初版四九年）という本がある。ここには、学業半ばにして、あるいは学業を終えて戦地へ赴き、そして死ななければならなかった青年たちの「無念」や「悔しさ」「悲しさ」が充満しているが、同時に「祖国」や「父母」を想う純な気持も読み取ることもできる。例えば、一九四五（昭二〇）年四月二十九日、沖縄東南の海上で特攻隊員として戦死した市島保男（当時二十三歳、一九四三年十二月に早稲田大学第二高等学院生で応召）は、次のような言葉を残している。

隣の室では酒を飲んで騒いでいるが、それもまたよし。俺は死するまで静かな気持でいたい。人間は死するまで精進しつづけるべきだ。まして大和魂を代表するわれわれ特攻隊員である。その名に恥じない行動を最後まで堅持したい。俺は、自己の人生は、人間が歩み得る最も美しい道の一つを歩んできたと信じている。精神も肉体も父母から受けたままで美しく生き抜けたのは、神の大いなる愛と私を囲んでいた人びとの美しい愛情のおかげであった。今かぎりなく美しい祖国に、わが清き生命を捧げ得ることに大きな誇りと喜びを感ずる。

もちろん、この書の「この本の新しい読者のために」で小田切秀雄が言うように、『きけ わだつみのこえ』には何千人と死んだ学徒の遺書や手記、書簡のうちで「戦争を謳歌したもの」や「過激な日本精神主義に染まったもの」があらかじめ排除されていた。その意味では、「公正さ」を欠いた記録といえるかも知れない。しかし、一九四二（昭一七）年に東大国文科を繰り上げ卒業して直ちに海軍予備学生として佐世保海兵団に入団した阿川弘之の『雲の墓標』（五五年）などを読むと、死を覚悟した心情や国（父母・兄弟）を思う気持、学業半ばにして死地に赴かなければならない無念さなどが、学徒兵たちには複雑に絡み合っていたことがわかる。物語は、京都大学国文科から予備学生として海兵団に入った四人の仲間のそれぞれ異なった考え方や動向（三人戦死、一人生き残る）を、吉野という祖国のために死ぬことを覚悟している者の「日記」という形式で展開する。正規の兵学校出身ではなく予備学生として訓練を受け士官となった者の悲哀や喜び、苦悩が、ここには描き出されている。『雲の墓標』について、『戦争文学全集4』に解説を書いている開高健は、次のように記している。

戦争中に禁圧されて書けなかったことを戦後になって書くときもっとも警戒しなければならない

ことは事後の心理という大きな手の影のなかにいかに身を浸さないかということである。これは論じられるほど易しいことではない。（中略）太平洋戦争を帝国主義的侵略戦争だと定義して特攻隊員を盲目の情熱の無知な信従と規定する左翼全盛の敗戦後に淡々とこういう作品を書きあげた阿川弘之氏に脱帽する。（中略）

この作品の透明、柔軟、のびやかさ、淡々のもたらす明るさは異様といっていいほどである。暗鬱、苦渋、醜怪、難解の渦巻く戦後の文学作品のなかでは眼をパチパチさせたくなるような、手品を見るような明るさである。読んでいて不安になるほどである。しかしここには、根本的にそもそもの始まりからして無謀でたらめとしかいいようのないものではあったにせよ、誤った国家の自棄的に強制したものではあったにもせよ、ある信条のための死を青春が完成していく、柔らかな末期の眼に映った事物と時代が、デフォルメされないで、いわば等身大に描かれている。

動員された学徒の中に様々な人間がいたであろうことは、この社会を生きる人々が百人百様であることを考えればすぐに了解できることであるが、阿川弘之はそのバリエーションに富んだ学徒の生を、「お国のために」死んでいくという極限に追い込まれた人間の生き様を通して浮き彫りにしている、と言っていいだろう。従容《しょうよう》として死を受け入れている者、自己を「大義」実現のために改造する者、素直に「覚悟など少しもできていない」と告白する者、祖国の敗戦を冷静に見通している者、等々、兵士になる少し前まで「考えること」を専業としていた学生らしく、彼らは自分の置かれた立場を分析し、そして死すべき自らの運命を見つめ続ける。それに加えて、同じ学舎で同じ教師に教わった者の「奇妙な友情」も描き出されている。任務は違えど同じ「青春」の時を過ごしている者同士の「美しい友情」が全編に底流しているが故に、この小説は死ぬべき運命を持った若者の物語でありながら、開高健の言う「明るさ」を感じさせるのかも知れない。
それと、登場する学徒たちが学徒＝インテリらしくきちんと自分を持ち、批判力を備えた人物として設定されている点も、独特な戦争小説にしている理由だと言えるだろう。

たしかに、どんなあやまった戦争にしろ、戦争はげんに「進行中」でありまして、私ひとりがそれに対してこころのなかに否定的であるからといって、歯車のひとつとして脱落したいとおもっているからといって、それでは具体的にお前はどういう態度をとろうとおもうのかと問われれば、私には答えるすべがありません。自分だけの保身をはかるということがかんがえられますが、いくら私が要領がよくても、海軍の飛行機乗りとして、ひとり死をまぬかれるということは、相当なむずかしい事でしょう。敵をたおさねば自分が殺されるというのではなく、敵をたおしてもたおさなくても自分は抹殺されてしまう、自分が死ななければ友が死なねばならぬというのではなく、友も自分も誰も彼も、すべて死ななくてはならぬという、そういう全面的なはげしい状況が、こんご私たちの運命になるだろうと存じます。私は、覚悟などむろんすこしも出来てはおりません。

この予備学生は上官の目を盗んで大学時代の恩師にこの文章（手紙）を書いているのだが、同じ手紙の中で「この程度のことをかんがえ、いい、書きとめることに、このような不自由と危険とをおかさねばならぬ、そういう時代から、はたして新しいよき文明がうまれるものでしょうか。書き出した以上、私ははっきり申しあげますが、この戦争は日本の負けにおわるだろうと、私はこのごろある程度確信するようになってまいりました」、と断言している。作者の筆は、このような分析力、批判力を持った若者が死ななければならなかった戦争に対して、憤りと無念さを隠そうとしていない。それが爽やかな印象をもたらしているのである。

この阿川弘之（『雲の墓標』）の「明るさ」は、どこから来ているのか。阿川は自ら「自由主義者」を自認しているが、それを培ったものが、海軍の将校時代に学んだ合理主義・自由主義であったろうことは、『山本五十六』（初版六五年、加筆版六九年）や『米内光政』（七八年）といった帝国海軍の指導者を対象とした伝記小説を読むと、よくわかる。阿川はこれらの作品で、巨大な軍事組織を率いる指導者の側面と共に、彼らがいかに人間として優れていたかを浮き彫りにしている。いささか我田引水的な面もなくはないが、軍隊指導者を一個の人間としてとらえようとする姿勢は、戦争をマクロ的な観点から批判する姿勢に欠けるとしても、それはそれとして、これらの作品からは戦争文学の幅広さが感じられる。

青春の最中に死に行く者の清々しさ、潔さを活写しようとした作品に、吉田満の『戦艦大和ノ最期』（口語体初版四九年、文語体初版五二年）と、これに「臼淵大尉の場合—進歩の願い」と「祖国と敵国の間」を加えた『鎮魂戦艦大和』（上下巻、七四年）がある。この『鎮魂戦艦大和』に収められた三編は、いずれも「記録文学」と言っていいものであるが、人間の内部を描き出すという点では、虚構＝創作作品にいささかも劣っていない。例えば、上巻の冒頭に収められた「臼淵大尉の場合」に、次のような記述がある。戦艦大和が一九四五（昭二〇）年四月片道だけの燃料を積んで沖縄突入作戦に出動した際に、乗り組んだ青年士官の間にその特攻死をめぐって論争が起き、兵学校出身者たちは「君国のため特攻の名誉のもとに散ることをもって瞑《めい》すべし、他の一切は無用」と主張し、予備学生出身者たちは「自分の死、日本の敗北が持つ意味を納得するため、より普遍的な裏付け」を求め乱闘にまで発展したことに対して、二十一歳で中尉に昇任していた臼淵が発した言葉、である。

進歩のない者は決して勝たない。負けて目覚めることが最上の道だ。日本は進歩といふことを軽んじ過ぎた。私的な潔癖や徳義にこだはつて、真の進歩を忘れてゐた。敗れて目覚める。それ以外にどうして日本が救はれるか。今目覚めずしていつ救はれるか。俺たちはその先導になるのだ。日本の新生にさきがけて散る、まさに本望ぢやないか。

「散華の思想」というのがある。簡単に言えば、自己犠牲的な戦死（特攻死が典型）を美化する考え方であるが、臼淵中尉の言葉はその自己満足的な心情が見え隠れする「散華の思想」を超えている。「未来」を見据えつつ己の現在を客観的に把握し、自己を律する態度、とでも言えばいいだろうか。吉田満は、臼淵の「進歩」という言葉について、次のように考察している。

臼淵が残した〝進歩〟という言葉の含蓄が、彼の人間とその時代の制約のもとにあったことは、免れ難い事実である。彼は直接的には、自分に許された視角から日本の将来を見通す道しかあたえられていなかった。その制約の中から、彼が真に祈願したものは何であったか。臼淵という人間の存在全体は、われわれに何を訴えているか。

日本が彼の断言したようにやがて戦いに敗れたとして、そのあとに何が新しく生まれることを期待していたかは、短い生涯の言動の一つ一つが暗示している。その背後には、自分らしい人生を生きることへの切実な願望が、かくされてはいないか。臼淵は明日に向って生きることへの空しい願望を〝進歩〟の二字に凝結して後代に託するほかに道がなかった。〝進歩〟とは、人間が人間らしく生きる社会の指標、英知の象徴ではないのか。

結局、臼淵大尉は戦艦大和の副砲分隊長として沖縄に向かう途中敵の直撃弾を受けて戦死するのであるが、彼の生涯と思想は一九四三（昭一八）年十二月東大法学部在学中に学徒出陣し、四五年四月、少尉として戦艦大和に乗り組み九死に一生を得た吉田満によって辿り直されている。その「記録」が『臼淵大尉の場合』である。そこで吉田は、自分が臼淵と同じように戦艦大和と運命を共にしたかも知れないという思いを背景に、死んでいった者たちは決して「犬死に」したのではなく、新生日本の礎になったのだという確信の下で、彼らの「鎮魂」を行っている。もちろん、彼らが自らの生命と引き替えに期待を寄せた新生日本＝敗戦後の日本が「人間が人間らしく生きる社会」になったかどうかは、また別な問題である。確かに「平和と民主主義」は一定程度実現したけれど、臼淵大尉たちを死地に赴かした勢力・思想（ナショナリズム）が敗戦後六〇年経って、またぞろ再生してきていることを考えると、特にそのように思われてならない。

# 第六章　占領下の日本・朝鮮戦争・ベトナム戦争

## 第一節　大江健三郎『人間の羊』と又吉栄喜『ジョージが射殺した猪』

敗戦による戦勝国軍（アメリカ軍中心）による「占領」という事態は、飢えと混乱の社会に「平和と民主主義」の到来をもたらしたが、実はその「平和」と「民主主義」が理念＝建前でしかないことにも日本国民は直面せざるを得なかった。つまり、実際は日本人の主体的意思によって国が運営されることが「民主主義」だったはずなのに、占領ということで例えば「日本国憲法」の上にGHQ（連合軍最高司令部）＝アメリカ軍という絶対的な権力者が存在することを知らなければならなかったのである。「平和」にしても、東西冷戦構造によって規定された見せかけの「平和」に過ぎないという現実も、朝鮮戦争の勃発によって日本人は知らされたのである。

ノーベル賞作家大江健三郎が芥川賞を受賞した年に発表した『人間の羊』（五八年）は、そんな「占領」の現実を日本＝敗戦国とアメリカ軍＝戦勝国という対立構造の中で鮮やかに描き出した短編である。フランス語の家庭教師に出かけた帰りに、「僕」は女連れの酒に酔った外国兵の一団とバスで乗り合わす。兵隊たちは連れの女を口説いている兵隊を囃し立て騒いでいたのだが、兵隊のあまりのしつこさに辟易した女は、助けを求めるように「僕」に話しかけてきたことから「悲劇」が始まる。バスが揺れたとたんに酔った兵士は床に転がり、それを見た外国兵の一人が青ざめた顔で「僕」に何かを叫び始める。緊張で音の聞こえなくなった「僕」は、肩をつかまれて座席から引き上げられ、乗客たちの目の前で下半身を剝き出しにされる。

尻が冷たかった。僕は外国兵の眼のまえへつき出されている僕の尻の皮膚が鳥肌だち、灰青色に変化して行くのを感じた。尾骶骨《びていこつ》の上に固い鉄が軽くふれて、バスの震動のたびに痛みのけいれんを背いちめんにひろげた。ナイフの背をそこに押しあてている若い外国兵の表情が僕にはわかった。

僕は押しつけられ、捩じまげられた額のすぐ前で、自分のセクスが寒さにかじかむのを見た。狼狽のあとから、焼けつく羞恥が僕をひたしていった。そして僕は腹を立てていた、子供の時のように、やるせない苛立たしい腹だちがもりあがってきた。しかし僕がもがいて外国兵の腕からのがれようとするたびに、僕の尻はひくひく動くだけなのだ。

外国兵が突然歌い始めた。そして急に僕の耳は彼らのざわめきの向うで、日本人の乗客がくすくす笑っているのを聞いた。僕はうちのめされ圧《お》しひしがれた。（中略）

兵隊たちは童謡のように単純な歌をくりかえし歌っていた。そして拍子をとるためのように、寒さで無感覚になり始めた僕の尻をひたひた叩き、笑いたてるのだ。

羊撃ち、羊撃ち、パンパン

この後、何人かの男の乗客と運転手が尻を剝き出しにされ彼らの歌をさらに盛り上げることになるが、現在では考えられないような外国兵＝占領軍（駐留軍）によるこのような理不尽な振る舞いに対して、抗議すらできない当時の日本（人）の置かれた状況が、ここには描かれている。強者＝アメリカ対弱者＝日本という構図は、占領期も含めた戦後の文学における一つ特徴でもあり、この作品以外にも、例えば先の『燕京大学部隊』を書いた小島信夫の『アメリカン・スクール』（五四年）や『抱擁家族』（六五年）など、どぎついまでにこの構図によって創り上げられた作品もある。

さて『人間の羊』であるが、外国兵に対してあまりにも屈辱的であった「僕」は、バスを降りた後、バスの乗客で外国兵の餌食にならなかった教員らしき男から、「あいつらひどいことをやりますねえ、人間に対してすることじゃない」とか「日本人を獣あつかいにして楽しむのは正常だとは思わない」、「警官に事情を話すべきですよ」等の言葉をかけられ、警察に届けることを強要される。あたかもそれが「正義」であるかのごとく。ところが、被害者である「僕」らは皆「不意の啞《おし》」になってしまって、誰も教員の言葉に耳を貸そうとはしない。そして、突然「羊＝乗客」の一人が黙ったまま教員のあごを殴りつけるが、次のバス停で大方の乗客が降りた後、「僕」は教員の粘り着くような視線を感じ、その次のバス停で駆け下りる。しかし、そこに待っていたのは、警察への届けをさらに強いる教員の言葉であった。

占領軍の前では正当な権利さえも実行に移せないという現実は、GHQの施策によって財閥解体や農地解放といった戦後における一連の「民主化」が行われる一方で、GHQの指令によって一九四七（昭二二）年の「2・1ゼネスト」が中止に追い込まれたことなどが象徴しているが、それは戦争が終わってもなお占領が続く限り過酷な状況は変わらないことも意味していた。『人間の羊』は、まさに敗戦国の国民が戦勝国に対して「不能」にさせられていたことを如実に証す作品であった。

だが、周知のように、大江健三郎は敗戦を一〇歳で迎え、文部省が全国の学校に配布した『憲法の話』などに象徴される戦後民主主義教育を全身で受け止めた作家である。大江が人間尊重を基底に置く民主主義思想をいかに大切なものとして考えていたかは、「強権に確執をかもす志」（六一年）や「戦後世代と憲法」（六四年）などの一連のエッセイを読めば一目瞭然であるが、多くの人がその大江の思想を知ったのはノーベル文学賞受賞の時（一九九四年）であった。ノーベル文学賞受賞が決まったためあわてて文部省（当時）が文化勲章を大江に授与しようとした時、「民主主義を大切の思う者として天皇から勲章をもらうわけにはいかない」と言って大江は拒否したのである。民主主義の立場に立つ者、つまり主権在民論者として象徴天皇制とは言え、君主＝天皇から勲章をもらうことなど考えられないことだったのである。

そんな大江がなぜ『人間の羊』のような作品を書いたか。それは、戦争の「続き」でもある占領期＝戦後が、やはり異常な、在り得べき社会と異なるアンビバレンツな状態にあることへの「告発」ではなかったか、と思われる。

そして「占領」ということであれば、一九七二（昭四七）年まで一九四五年から二十七年間アメリカ軍の占領下にあった沖縄のことを忘れるわけにはいかない。なぜなら、駐留米軍基地の七五パーセントを抱える沖縄の人々は、現在に至るまで「終わらない戦争の時」を過ごしているからである。それに加えて沖縄は、歴史的・文化的に本土《ヤマト》とは異なった面を多分に持ち、そのために明治期の「琉球処分」が象徴するように、本土＝日本《ヤマト》から差別的に処遇されてきたということがある。すでに前章でも触れたように、沖縄がアジア太平洋戦争において旧国土で唯一地上戦が戦われたということも、この「沖縄差別」と深い関係がある。

占領は、『人間の羊』で見たように、占領者＝戦勝国と被占領者＝敗戦国との間に「強者―弱者」の関係を持ち込むものである。おそらく、占領者にとって被占領地の人々は人間以下の存在としてしか見えなくなるのだろうが、戦場で兵士がモノ＝ロボットと化すのと同じように、占領地でも同じようなこと起こるのだろう。それは、占領軍がどんな美辞麗句で飾って「民政」を行っても、占領状態が続く限り変わらない。そんな被占領地・沖縄の現実を描いたのが又吉栄喜の『ジョージが射殺した猪』（七八年）である。又吉栄喜は、一九八〇年『ギンネム屋敷』ですばる文学賞を、一九九六年『豚の報い』で芥川賞を受賞した沖縄在住の作家であるが、『ジョージが射殺した猪』は最もプリミティヴな形で占領下の沖縄を描き出している。

時はベトナム戦争が泥沼化していた時代（六〇年代末から七〇年代にかけて）、沖縄の歓楽街はベトナム帰りの兵士や基地勤務の兵士で連日にぎわっていた。故国に恋人のエミリーを残して沖縄に来ているジョージは、友人たちと女を買う目的で歓楽街に出かけるが、酒を飲んでも、ポルノ映画を見せられても内部のもやもやを消すことができず、人を殺したらすっきりするのではないかと思い、演習場内にスクラップを拾いに来ている老人をターゲットに決める。

ふと、ジョージは思う。俺は抵抗も逃避もないおいぼれじいさんしか殺せないのか。ベトナムとは違う。いや、あれは猪だ。
地表近くに闇が沈んでいる。草むらにうずくまっている黒い固まりは不明だ。ジョージは立ち止まり、意識して仁王立ちになり、気を鎮めた。（中略）いま一度、あの固まりが動いた瞬間に引き金を引こう。ジョージは決心した。動かない。引き金を握りしめた右人さし指が固くなってくる。腕が重い。感覚がまひしかける。早く動け、逃げろ、手向かえ、内心ジョージは叫んだ。ジョージは片ひざをつき、左手で右手首を固く握り、構えを固定した。その時、固まりが背をのばした。ジョージは思いきり引き金を引いた。轟音が広い空間に響き、薬莢《やっきょう》が飛び出、同時に影がゆっくりとうずくまった。（中略）
ジョージは安全装置をしないまま、ピストルを後ろポケットにおしこみ、ふらふらと金網を離れた。（中略）俺は殺人罪で死刑になるのだろうか。琉球警察は俺を逮捕できない。布令第八十七号がある。とすると、軍法会議か。軍法会議なら死刑になるはずはない。うまくいけばかえってベトナムの前線に送られなくてすむ。

ここで注記しておかなければならないのは、沖縄が冷戦時代から今日に至るまでアメリカの極東軍事戦略（世界戦略）の最前線基地＝キー・ストーンになっていることである。つまり、朝鮮戦争においても、ベトナム戦争においても、そして湾岸戦争やイラク戦争においても、沖縄は出撃基地、兵站基地、休養地として重要な役割を果たし続けてきたということである。それは、離島を含む沖縄の至る所に、嘉手納基地のような巨大なアメリカ軍施設が存在することで一目瞭然である。常時数万人のアメリカ軍兵士が駐留し、いざ戦時となるとその何倍もの兵士が沖縄に集結することを考えても、いかに沖縄がアメリカの世界戦略にとって欠かすことのできない場所であるかがわかる。日本政府は一貫して否定し続けてきたが、沖縄に「核兵器」が持ち込まれ貯蔵されていることも、沖縄の軍事的な重要性を示している。

太平洋戦争時において日本軍の本土防衛作戦の前線基地になり、沖縄人がヤマトンチュ（日本人）に「お国のためだから」といって女子供、老人まで殺されたのも、そこが軍事的に重要だったかに他ならない。そして、戦争が終わってからは占領下でアメリカ人に殺されるという、沖縄は一貫して「被害者」の立場に置かれているのである。殺人、婦女暴行、強盗、といったあらゆる犯罪が占領下の沖縄において、駐留するアメリカ人兵士によって行われながら、先の引用でも明らかなように「布令第八十七号」によって日本の警察（琉球警察）は彼らを逮捕することも裁くこともできずに、手をこまねいていることしかできなかった。それが「占領」ということなのであろうが、その占領下で生きてきた人々のことを思うと、改めて戦争の罪について思い至る。

そして「沖縄の文学」といわれるものが、占領下から今日に至るまで、何らかの形で「戦争」に関与せざるを得ず、そしてその内容が「告発」的にならざるを得ないのも、仕方のないことであった。なお、戦後の冷戦構造において、日本各地に置かれていたアメリカ軍基地の役割と在り方が本質的には沖縄と変わらなかったことは、一九五七（昭三二）年一月三〇日に群馬県の相馬が原演習場で起こった、『ジョージが射殺した猪』と同じように砲弾の破片を拾いに来た近所の農婦を面白半分で米兵が射殺した「ジラード事件」（その年の十一月に前橋地裁はジラード被告に懲役三年の判決を下し、ジラードは本国へ帰還した）が、如実に物語っていた。

## 第二節　女たちの「戦後」――田村泰次郎『肉体の門』と三枝和子「女と敗戦」三部作

敗戦は、この国の人々すべてに「飢餓」と「混乱」をもたらしたが、とりわけ封建遺制＝男尊女卑意識が残る社会の中で生きなければならなかった女性たちは、男性の庇護を受けなかった場合、生と引き替えに大変な思い（経験）をしなければならなかった。かつて「戦後強くなったのは女と靴下だ」という言い方をされたが、天から降ってきたような「男女平等」に戸惑い、どのように対応していいかわからないまま混乱したのが女性であったと言えるだろう。

戦後まもなくの「焼け跡・闇市」に象徴される社会を背景に、たくましく生き抜いた女性たちを描いた田村泰次郎の『肉体の門』（四七年）がベスト・セラーになったのも、誰もがこの小説に登場する女性たちの心情にある種の好感を持ったからではなかったか。左腕の上膊部に「関東小政」の入れ墨を入れた十九歳の「小政のせん」、「ジープの歌」が好きな「ジープのお美乃」、兄がボルネオで戦死したことから「ボルネオ・マヤ」と呼ばれているマヤ、「ふうてんのお六」こと安井花江、それに後でリンチされて仲間から離れる夫を硫黄島で亡くした菊間町子、彼女たちは誰からも管理・支配されない「街娼＝パンパン」となって、自分たちの生を支えている。

法律も、世間のひとのいふ道徳もない。そんなものは、日本がまだ敗《ま》けないとき、彼女たちが軍需工場のなかで汗と機械油にまみれてゐるときを最後に、爆弾と一緒に——そして彼女たちの家や肉親と一緒に、どつかへふつとんでしまつた。なにもなくなつて、彼女たちは獣にかへつたのだ。まつたく、彼女たちは廃都の獣である。彼女たちは地下の洞窟で眠り、喰らひ、野天でまじはる。そのまだ青い巴旦杏《はたんきやう》のやうな肉体は、なにものをも恐れない。むごたらしく、強い闘いの意欲だけがあふれてゐる。爆弾で粉砕され、焼きはらはれた都会は、夜になると、原始に還る。彼女たちの血に飢ゑた、凄惨な狩りがはじまる。狩りは旺盛な意欲をもつて、機敏におこなはれる。ある夜は、逆に彼女たちが狩られることがある。省線電車の駅で、高架線の下で、十字路で、彼女たちをつかまへようとする縄が幾重にも張りめぐらされる。だらしがなくて、ぼんくらな有閑娘たちが、それにひつかかつて、泣きべそをかいてゐるあひだに、彼女たちはすばしつこく巣にひきあげて、笑ひあふのだ。

私は地方都市に戦後すぐに生まれたが、戦死した父に代わってたくさんの家族を養わなければならなかった隣家の「お姉さん」が、『肉体の門』の女性たちと同じような「商売」をしていて、終いにはお客から梅毒をうつされ悲惨な死を遂げたことを、幼心にも強烈な光景として覚えている。私の生まれ故郷には戦時中軍需工場であったために敗戦後いち早くアメリカ軍が進駐し、近くに歓楽街があったこともあって、そこで「お姉さん」は「商売」をしていたのである。今では死語になってしまった「パンパン」という言葉が、子供たちの間でふつうに使われていた時代、それが戦後であった。

戦争で家族を失い、社会全体の経済活動が停滞・停止している時代に、売るものは文字通り自分の

「肉体」だけという状況に追い込まれた女性たちが、それぞれ混乱と飢餓の時代を生き抜くために「商売」を行う、いいとか悪いとかの倫理的問題以前に、そのような現実が戦後の日本にはあったということを、『肉体の門』は教えてくれる。生きるという本能だけで日々を過ごしている「獣」たち、そんな「獣」と化した彼女たちの群れに、ある日これも戦地帰りで荒《すさ》んだ生活をしている「伊吹新太郎」という青年が飛び込んでくる。伊吹は、殺人、強盗、恐喝、暴行、といった犯罪を平気で行ってきた男で、物語はその伊吹に恋心を抱いた「ボルネオ・マヤ」が、伊吹に抱かれて女の歓びを知り、そのことが原因で「小政のせん」たちにリンチされるところで終わる。

田村泰次郎は、早稲田大学在学中から創作活動を行っていたが、一九四〇（昭一五）年五月に応召した後、中国山東省遼県を皮切りに中国各地を転戦し、敗戦の翌年二月に帰国するという経歴を持つ。田村は、中国戦線における日本軍の非道な行為＝三光作戦や戦争による中国人の惨状を体験することによって、観念としての思想や哲学よりも生の人間の生き様や肉体の方が優れているという考え方を持つに至り、その結果『肉体の悪魔』（四六年）や『肉体の門』などの「肉体文学」を数多く書くようになった。戦後文学の一つの特徴として、「肉体＝生理」の問題を大胆に前面に押し出すというのがあったが、田村泰次郎はその旗手の一人であった。ただ、ややもすると「風俗」に流れる傾向があり、時代の変遷と共にその作品が古びてしまうという欠点も持っていた。

とは言え、戦後が戦争の「続き」である事実を鋭く突きつけた『肉体の門』の、戦争文学としての価値はいささかも揺らぐことはない。それというのも、敗戦から半世紀近く経った八〇年代の終わりから九〇年にかけて、別な言い方をすれば「世紀末」を迎えた時代に三枝和子の「女と敗戦」三部作

（『その日の夏』八八年、『その冬の死』八九年、その夜の終りに』九〇年）が書かれ、戦後文学における「肉体」の問題が再浮上するということもあったからである。一九二九（昭四）年三月生まれの三枝は、敗戦時十六歳、師範学校女子部の学生であった。その三枝が六〇歳を過ぎて「敗戦」時のことを小説として書く、その動機（意図）は何であったのか。『その冬の死』の「あとがき」で、三枝は次のように書いている。

戦争体験というか、特に敗戦体験は、私にとっては或る意味で原体験であった。だからこれは先ず「私」の問題である。『その日の夏』が私小説的発想になったのは当然のことだし、敗戦体験だけは、特に敗戦直後の何十時間というか何日間だけは私小説で書く他ないだろうと、以前から思いきめていた。しかし敗戦体験というものは、「私」のきわめて鮮烈な原体験であると同時に、「共同体」全体の、きわめて鮮烈な原体験でもあった。それ故、その敗戦時、何ほどの主体性も持ち得ない、というか、その時期を境にそろそろ人間の形成期に入ろうという青春前期にあった私にとっては、この敗戦体験は、「私」と「共同体」がごちゃまぜになった、実に奇妙な原体験となったのである。（中略）

具体的には、この作品で進駐軍兵士に暴行される女子学生である。この女子学生は年齢に多少のずれはあるが、『その日の夏』の女子学生と内的に繋がる。女の敗戦体験というものは、敵兵に暴行されるという形でもっとも尖鋭化される、と私は考えているからである。

天皇を「現人神《あらひとがみ》」と信じ、「聖戦」の敗北などあるとは思わず、「玉音放送」に思わず涙した十六歳の少女は、どんな八月十五日からの八日間を過ごしたのか。『その日の夏』は作者が言うように、私小説の方法で「大転換の日々」を少女の心理と思想の襞々に潜り込む形で展開する。少女は、次のような「皇国少女」であった。

戦争終結の切り札は原子爆弾投下であった、などとは夢にも思わなかった。私は全く別の意識に生きていた。日本全土が焦土になっても天皇のおわしますかぎり大丈夫だ、たとい私は爆風の炎に焼かれても、国体は護持されるに違いないと、思いこんでいたので、敗戦後、爆弾を云々する人たちの言葉が遠い世界の出来事に聞こえた。戦争が終ったのは爆弾のせいじゃない、天皇陛下が止めるとおっしゃったから終ったのだ。

その少女（実際は別な少女）が、『その冬の死』では、敗戦から四カ月、フィリピンから復員してきた海軍士官だった従兄弟と待ち合わせをしている時に、進駐軍の二人の黒人兵に襲われる。衆人環視の中の出来事だったのに、誰も助けてはくれず、彼女は暴行される。彼女は女専の学生だったのだが、学校に帰ることもできず、かといって実家に帰ることもできず、苦しみの日々を過ごすことになる。この二作目には、パンパン、浮浪者（児）、復員兵、進駐軍兵士、戦災孤児といった戦後を彩るさまざまなものが作品の背景として登場する。その中で、戦争の「続き」である戦後に夢を託した一人の若い女性が、「不幸」な出来事に出会って運命を狂わされる様が、この作品では丁寧に書かれている。

三作目の『その夜の終りに』は、戦時中から慰安婦（売春婦）として働いてきた女性や戦争で身内をなくして水商売の世界に入った女性が、いかに戦後の時間を過ごしてきたか、時間を一九六〇年代半ばに設定し、物語は彼女たちが過去を回想する形で進む。アメリカ軍将校のオンリー（専属売春婦）からパンパン（街娼）へ、そしてキャバレーのホステスへ、彼女たちは社会の底辺でそれでも最期の場所を求めて生き続ける。

作者の筆は、この「女と敗戦」三部作において、一貫して社会的弱者としてしか生きられない女性の生（性）を描くことで、戦争―（敗戦）―戦後の意味を問うことに費やされている。その底意には、高度経済成長によって経済的な「豊かさ」を獲得したこの国の過去＝歴史を忘れたような在り方に対する、根源的な疑義や不満がある。また同時に、そこには特に見せかけの「豊かさ」や「平和」に酔いしれているように見えるこの時代の女性に対して、自らの足元を見よとでも言うべき「警告」も潜んでいる、と考えることもできる。十五歳になる直前に長崎で被爆した林京子が、芥川賞を受賞した『祭りの場』（七五年）以来今日まで、一貫して「八月九日の語り部」としての立場を崩していないのと同じように、三枝和子も自らの原点である「敗戦体験」を手放さず、戦争（戦後）から遠くなった時代においても戦争―戦後の意味を問い続けたのである。

## 第三節　朝鮮戦争――堀田善衞『広場の孤独』井上光晴『重いS港』小田実『明後日の手記』

一九五〇（昭二五）年六月二五日、緊張の続いていた朝鮮半島で始まった戦争は、「南」を支援するアメリカ、「北」を支援するソ連・中国という戦後の冷戦構造が実はいつでも熱戦に転化するものであったことを明らかにしたが、同時に第二次世界大戦（アジア太平洋戦争）の傷が未だ癒えない状態にあった国内外の人々を「絶望」へと突き落とした。例えば、『夏の花』で原爆のすさまじい破壊力と非人間性を告発した原民喜が、戦後社会における「新しい人間」の誕生に期待を寄せながら、GHQ最高司令官マッカーサーの「日本再武装」論や朝鮮半島での原爆使用発言に打ちのめされ、朝鮮戦争開始から八ヶ月あまり経った一九五一（昭五一）年三月一三日、中央線の線路に身を横たえたことは、この戦争がいかに日本の人々に衝撃を与えたかを物語っていた。もちろん、この戦争が「朝鮮戦争特需」という日本経済を再生へと導く大きな要因も作ったことも、歴史的事実である。

そんな朝鮮戦争の勃発よる知識人・作家の動揺を等身大に描き出したのが、堀田善衛の『広場の孤独』（五一年）である。主人公は、ある新聞社の東亜部（外信部）で臨時の翻訳記者をしている木垣という男であるが、彼は朝鮮戦争の勃発に始まって、共産党員を中心とする左翼へのレッド・パージ（公職からの追放）、日本の再武装＝警察保安隊（自衛隊）の創設といった激動の時代にあって、どうしたら自らのアイデンティティーを獲得できるか、懸命に模索する。彼は、知人のアメリカ人記者に誘われて横浜に行き、そこの飲み屋でアメリカの軍需物資を艀積み込んでいる労働者たちの会話を聞く。

「日本の戦争の手伝いをしてサ、いまァ、またアメさんの戦争の手伝いだサ。面白ェ、世の中だなァ」

四、五人、占領軍の番号入り作業服をぬいで肩にかけた土工人夫らしい男たちが、各々きまつた

やうに首に手拭ひをまいて真中の卓をかこみ、焼酎を飲んでゐた。（中略）

「戦争ちふもんは、なんちうても、景気のいいもんやな。戦争して一文の得にもならんぢやらうが、なんせ、こんなのまで働いておまんまを頂けるやうになるんやからな」

「おまんまどころか、酒まで流しこんで、ナ」

「しかしだナ、それから考えたつても軍需工業の親方連中は、えれェ儲けだらうな、エエ？」

「ソンだかて、いまに共産党の天下になれァ、これ……だよ、ナ？」

木垣に背をむけた、首の短い角刈りの男が手を咽喉《のど》のあたりへもつてゆき、咽喉奥でギイ、といふ金属的な音をたてた。


ここからは、労働を通じて戦争と直に接している庶民＝民衆が戦争や時代の本質を直感的に捉まえている様が良く伝わってくるが、それとは別に、主人公木垣が国内外の情勢を知る情報の最先端にいながら「孤独」を感じざるを得ないのは、彼が日本という国家に「愛想づかし」しているから、ということになっている。木垣は、戦争中の体験から日本という国家を心底から忌避する気持を持ち、それは「脱出願望」という形で日々の自分を縛り付けている。そのために「愛する女性＝京子」ともうまくいかない状態にある。

木垣と京子は敗戦まぎわの上海で知り合い、木垣が結婚していることを承知で二人は同棲を始め、子供まで作り、帰国してからも一緒に生活していたのである。そんな木垣（と京子）が内部に抱く奇妙な「脱出願望」、木垣が友人のアメリカ人記者や中国人記者から外国（国連で働く）に出ることを勧められたり、通信社の同僚に共産党への入党を誘われたりしながら、それでも今の境遇から「脱出」できないのは、自分がどこにもコミットしていない＝属していないという思いが強いからに他ならない。この中途半端で曖昧な木垣の在り様は、朝鮮戦争に対して明確に「反戦」の立場に立つことができなかった戦後の知識人・文化人の在り様を写し出す鏡になっている。これは果たして、戦争に反対する勢力とアメリカ軍に同調する勢力の他に、「孤独」ではあるが、しかし内外の情勢には敏感に対応していく第三の道の可能性を示唆する作品であった、と考えられる。結果的には、激しさを増した朝鮮戦争の現実が、「第三の道」をか細いものにしてしまったが、『広場の孤独』はそのような道の可能性を追求したという意味で、貴重な戦争文学であった。

先に引用した横浜港近くの飲み屋における米軍雇用の労務者たちがどのような現実を抱えていたか、そのことを朝鮮戦争の兵站《へいたん》最前線基地・佐世保を舞台に描き出したのが、井上光晴の『重いS港』である。S港がどのような港であったか、戦後長い間そこで暮らしたことのある井上光晴は、次のように書く。

朝鮮における休戦交渉にもかかわらず、米本国よりの重火器、弾薬、食糧を満載した貨物船は陸続として、この日本S港——朝鮮向け、輸送中継基地に入港した。

いやかえって休戦交渉一周年ぐらいから、港湾労務者は組織的に募集され、はじめ臨時に、後には長期作業員カード保持者として、忽《たちま》ちに八千名を越えた。油タンク作業員、火薬庫作業員、輸送船係、運のよい者はトラック運転助手、病院、食堂の清掃係して職安と請負海運会社から行く三千余名が、夫々日時によって、或は輸送船作業に、或は岸壁弾薬積込作業に適当に配置されるのであった。

ここから朝鮮戦争に日本が無関係でなかった事実が浮かび上がってくるのだが、井上光晴は朝鮮戦争の時代が日本の労働運動・革命運動に「可能性」を見出せた時代であったという考え方から、米軍艦船への食料やその他の生活雑貨を積み込む仕事をしている労務者たちに対して、共産党細胞員として「戦争への加担反対」「再軍備反対」等のビラ配りを行おうとしている青年を設定している。結局、この青年の活動は「徒労」に終わるのだが、井上光晴はこの短編で戦後が「戦争」と「革命」のせめぎ合う時代であったことを明らかにした、と言っていいだろう。

六〇年代の半ば、ベトナム戦争がアメリカ軍の北ベトナム（当時）爆撃に象徴されるように、激化、泥沼化した時代に「ベトナムに平和を！市民連合（ベ平連）」を組織してベトナム反戦運動の先頭に立つようになった小田実が、高校生であった十七歳の時に書いた処女作『明後日の手記』（五一年）は、まさに朝鮮戦争の時代を生きた（若い）世代の心情を代弁するものであった。恐るべき早熟ぶりを示したこの長編は、「第一部　神の黄昏」「第二部　迷える小羊らの群れ」「第三部　明後日の手記」から成っているが、第三部に登場する岡田（作者の分身）の次のような述懐こそ、朝鮮戦争の時代に青春を送っていた世代の真情であったと思われる。

私たちは結局挿話にすぎないものなのだろうか？　戦争と戦争に挟まれたごく軽いちょっとした

挿話――私にはそんな気がする。すぐまた、戦争が起こるのだ。その戦争と戦争の間に、ちょっとしたつなぎに挿し挟まれたごくかるい挿話――重苦しい歴史をひもとく人の疲れを、もみほぐすべく作られた軽いエピソードなのだろうか？（中略）けれど一体本当の歴史の流れとは何だろう？戦争の外に何があったというのだ。戦争の外に――。二つの《偉大な》歴史にはさまれた、ただ二つを識別するためのみ存在する、細い一本の境界線――多分ジグザグにゆがめられた細い今にも切れそうな一本の線――それが私たちなのだ。私たちはあの「迷い子の世代《ロスト・ジェネレーション》」ではない。（中略）

私はもはや明日すら信じることは出来ない。強いて信じるとすれば、《明後日》を信じる他はないのだ。明後日とは永久に来ない時なのだ。おそらくは歴史の流れから隔離された無限の時間なのだ。

「第二部　迷える子羊の群れ」には、岡田や友人たちが巻き込まれた戦争反対や再軍備反対の学生運動のことが出てくる。アメリカ軍の空襲によって徹底して破壊された瓦礫の街を目撃したことから戦後を出発した小田実たちの世代は、誰もが戦争に対して根源的な拒否感をもっていたと考えられる。べ平連時代、小田実が「殺すな！」を合い言葉に、自身が何度かの大阪大空襲で目撃した無辜《むこ》の民の「難死《なんし》＝理不尽な死」について説き、戦争で被害を受けるのはいつも「タダの人＝民衆」であることを力説していたのも、小田の内部に自身がアジア太平洋戦争と朝鮮戦争に「挟まれた世代」という認識が強固にあったからに他ならないだろう。

井上光晴にしろ、小田実にしろ、朝鮮戦争に敏感に反応したのは、アジア太平洋戦争に兵士として参加することがなかった「戦中世代」であった。戦争に「加害者」として関わらず、もっぱら「被害者」として辛い経験をした世代、と言い換えることもできる。戦前世代が堀田善衞のように右往左往している時、彼らは、民族同士が争う隣の国で戦時下の自分たちと同じ経験をしている無辜の民への想像力を働かせることで、明確に「反戦」の意思を表現していたのである。

## 第四節　ベトナム戦争――開高健の『ベトナム戦記』『輝ける闇』『歩く影たち』

第二次世界大戦後、アジア、アフリカ、中南米の各地で「民族解放＝独立」運動が激化し、それはしばしば既得権益を守ろうとする植民地宗主国との間でしばしば「戦争」になった。ベトナム戦争も例外ではなかった。フランスからの独立を目指していたベトナムは、冷戦構造を直接反映して第二次世界大戦後「北ベトナム」と「南ベトナム」とに分断されたことから、同じ民族同士が血を血で洗うような戦争へと転化していった。国内の民族独立派（通称ベトコン）を制圧しようと、当初はかつての植民地宗主国フランスに、フランスが手を引いた後にはアメリカに支援を求めた「南ベトナム政府」と、ベトコンおよび彼らを支援する「北ベトナム」（後方にソ連・中国がいた）との戦争へと、ベトナム戦争は泥沼化していったのである。その泥沼化を加速させたのが、アメリカが持ち出した「ドミノ理論」――ベトナムが共産主義化（社会主義化）すれば、アジア全域が共産主義化する。それは世界の驚異である。絶対阻止しなければならない、とする理論――なる奇妙な論理である。アメリカは、この「理論」に基づいて最高時五十四万人（うち韓国軍などの同盟軍七万人）の軍隊を南ベトナムに送り込み、一九六五年二月からは北ベトナム爆撃（北爆）まで行うまでになった。

当然、国内に多くの米軍基地を抱える日本もこの戦争に無関係ではなかった。ベトナム戦争の前線基地としての役割だけでなく、ベトナムで連日多くの血が流されているのを横目に、インスタント・ラーメンから軍用トラック、武器弾薬まで、兵站基地として日本は高度経済成長を後押しした「ベトナム戦争特需」の恩恵を受けたのである。象徴的なのは、一九六五年一月にアメリカのベトナム政策を支持すると表明した「佐藤・ジョンソン共同声明」（日本の佐藤栄作首相と就任を数日後に控えたジョンソンアメリカ大統領との共同声明）であり、二月七日に開始された大規模な北爆に参加したB52戦略爆撃機が沖縄の嘉手納基地から発進していたことであった。また、沖縄の基地ばかりでなく岩国や横田の基地にも核兵器が持ちこもれているのではないかという「疑惑」や、被爆国日本の横須賀に原子力潜水艦が寄港するという事態も、日本のベトナム戦争への加担を示していた。

そんな激化し、泥沼化したベトナム戦争を取材するため朝日新聞の臨時海外特派員として一九六四年十一月ベトナムに赴いたのが、『裸の王様』（五七年）で芥川賞を受賞し、『日本三文オペラ』（五九年）や『流亡記』（同）、『ロビンソンの末裔』（六〇年）、等で作家としての位置を不動のものにした開高健であった。開高は、サイゴン（現ホーチミン市）を拠点にベトナム戦争の実相を伝える記事を、一九六四年末から六五年初頭まで『週刊朝日』に送り続けた。開高は、六五年の二月二十四日に帰国すると一週間でその原稿に手を入れ、『ベトナム戦記』（同年三月）として緊急出版した。国内でベトナム反戦運動が盛り上がっていることを反映した処置であった、と思われる。開高のこのルポルタージュは、あくまでも自分の目で見たこと、あるいは自分が体験した「事実」にこだわり、それを読者の元へいかに届けるかということに徹している点を特徴としていた。

例えば、開高は米軍軍事顧問団（という形で当初アメリカ軍はベトナム戦争に介入していた）と共に南ベトナム政府軍のジャングル戦に従軍した際ベトコンの激しい攻撃を受けるが、その時のことを次のように書く。

五分後。

とつぜん木洩れ陽の斑点と午後の白熱と汗の匂いにみちた森のなかで銃声がひびいた。マシン・ガンと、ライフル銃と、カービン銃である。正面と右から浴びせてきたのだ。ドドドドッという すさまじい連発音にまじって、ピシッ、パチッ、チュンッ！……という単発音がひびいた。ラスが パッとしゃがんだ。そのお尻のかげに私はとびこんだ。それから肘で這って倒木のかげへころがり こんだ。鉄兜をおさえ、右に左に枯葉の上をころげまわった。短い、乾いた無数の弾音が肉薄して きた。頭上数センチをかすめられる瞬間があった。秋元キャパはカメラのバグをひきずって一メー トルほどの高さのアリ塚のかげにとびこんだ。枝がとび、葉が散り、銃音の叫び、トゥ中佐の号令、 砲兵隊士官が後方の砲兵隊に連絡する叫びなどのほかは何も聞こえなかった。私は倒木のかげに顔 をつっこみ、顔で土を掘った。

（「姿なき狙撃者？　ジャングル編」）

この後もベトコンの猛攻撃は続き、自分の後ろで逃げるベトナム軍将校が撃たれて倒れるのを見たり、自分もいつ彼らと同じ運命をたどるかわからないような体験をする。死者八名、行方不明四名、負傷者三十三名というのがこの時の戦闘で受けた被害である。幸い救援にきた米軍ヘリコプターによって、開高らは九死に一生を得るが、そんなベトナムの戦場で開高が見たもの、考えたことは何であったのか。開高は、「アジアの戦争の実態を見とどけたい」として最前線に出かけていったのであるが、彼はサイゴン市内もまた最前線の戦場であったことを、地雷と手榴弾を隠し持っていた容疑で逮捕されたベトコン少年の「公開処刑」現場で思い知らされる。

銃音がとどろいたとき、私のなかの何かが粉砕された。膝がふるえ、熱い汗が全身を浸し、むかむかと吐気がこみあげた。たっていられなかったので、よろよろと歩いて足をたしかめた。もしこの少年が逮捕されていなければ彼の運んでいた地雷と手榴弾はかならず人を殺す。五人か一〇人かは知らぬ。アメリカ兵を殺すかもしれず、ベトナム兵を殺すかもしれぬ。もし少年をメコン・デルタかジャングルにつれだし、マシン・ガンを持たせたら、彼は豹のようにかけまわって乱射し、人を殺すだろう。あるいは、ある日、泥のなかで犬のように殺されるだろう。彼の信念を支持するかしないかで、彼は《英雄》にもなれば《殺人鬼》にもなる。それが《戦争》だ。しかし、この広場には何かしら《絶対の悪》と呼んでよいものがひしめいていた。　（「ベトコン少年、暁に死す」）

なぜ開高健は「粉砕」されたのか。アメリカ人でもベトナム人でもなく、一人の外国人＝日本人として、つまり「傍観者」として「見ること」だけを強いられたからである。

この広場では、私は《見る》ことだけを強制された。私は軍用トラックのかげに佇む安全な第三者であった。機械のごとく憲兵たちは並び、膝を折り、引金をひいて去った。子供は殺されねばならないようにして殺された。私は目撃者にすぎず、特権者であった。私を圧倒した説明しがたいなにものかはこの儀式化された蛮行を佇んで《見る》よりほかない立場から生れたのだ。安堵が私を粉砕したのだ。私の感じたものが《危機》であるとすると、それは安堵から生れたのだ。広場ではすべてが静止していた。すべてが薄明のなかに静止し、濃縮され、運動といってはただ眼をみはって《見る》ことだけだった。単純さに私は耐えられず、砕かれた。（同）

「見る」より仕方のない立場、それを象徴するのが、この「ベトコン少年、暁に死す」（秋元カメラマンが写した処刑写真も）の載った『週刊朝日』のグラビアページに、ミスター・プロ野球こと長嶋茂雄の結婚式の写真が飾っていたことである。鉄道技術の最先端を誇る新幹線が開通し、戦後復興・経済成長を内外に知らしめた東京オリンピックが開かれたのは、開高健がベトナムへ出発した一九六四（昭三九）年であった。片や「安定」と「繁栄」を象徴するスポーツが花盛りの様相を見せ、その一方で戦争により日々人間の生命が奪われている現実が存在する、これが現代なのかもしれない。イラク戦争に派遣された自衛隊の宿舎に日の丸が翻り、その同じ日の丸がサッカー場やバレーの試合会場で打ち振るわれる、これが現代を生きる私たちの戦争観を規定する構図かもしれない。テレビやインターネットを通してイラクを占領している米軍の攻撃や反米勢力の「自爆攻撃」の跡を見る、「悲惨」や「痛み」は間接的＝映像処理した結果からしか伝わってこない。本来ならここで最も大切なのはそこで死んだり傷ついた人への「想像力」を駆使し戦争をなくす方向に導く論理や倫理なのに、その想像力も生活に追われて充分に養われることがない。

このような現実にあって、人間は何ができるのか。開高健は、ベトナム戦争の体験を基に「闇」三部作といわれる『輝ける闇』（六八年）、『夏の闇』（七二年）、没後単行本化された『花終る闇』（九〇年）や短編集『歩く影たち』（七九年）を書くが、これらの長短編で描かれているのは、ベトナム戦争が白日の下に引きずり出した「どちらが正義でどちらが悪かという大前提」が崩壊した世界と、そのような状況にあって「虚無＝闇」を抱えたまま生き続ける人間の姿であった。『歩く影たち』に収録されている『兵士の報酬』という作品の中に、「戦争に勝利者なんていねえのよ」と口癖のように言うアメリカ軍下士官と私（開高）との次のような会話が記されている。

「これであんた」

彼は低く笑いながらいった。

「これであんた、東京へ帰ったら、女の子にモテるぜ。でっかい話ができてな。酒場の人気を独占できるよ」

私は喘ぎ喘ぎつぶやいた。

「しかし、ウェスト。東京には嘘しかないんだよ。戦争さえなければ戦争はわるくないと思う。少なくとも嘘はない。それだけはいい。東京は嘘でつくった町だ。神経がくたびれてかなわない」

曹長は低く笑って、答えた。

「戦争そのものが嘘かも知れねえぞ」

私は喘ぎをおさえつつ、

「そうかも知れない、そうかも知れない」

といった。


東京＝日本が「嘘でつくった町」であることは、ベトナム戦争の時代もイラク戦争が泥沼化しつつある現在でも変わらない。なぜなら、この国は「戦争」を他人事のようにしか考えない人々であふれかえっているように見えるからである。ベトナム反戦運動のリーダーだった小田実は、『ベトナムから遠く離れて』（上中下巻、九一年）という大長編で、ベトナム戦争後の世界には「中心＝正義」がなくなったと主張していたが、それから十五年余り、湾岸戦争からサラエボ紛争やアフガニスタン侵攻作戦（戦争）を経てイラク戦争へ、さらにはイスラエルとアラブ諸国（パレスチナ）との泥沼の中東戦争も相変わらず続いている。それ故これらの「戦争」のことを思うと、世界から「正義」は消失したのではなく、冷戦構造が解体して一国の超大国（アメリカ）が自国の論理を世界の人々に押しつける「正義＝大義」だけが前面に出て、例えばアフガニスタンやイラクの民衆が自らの生命をかけて主張する「正義」の影が薄くなっているというのが、世界の構図になってしまったのである。劣化ウラン弾の使用や都市への爆撃に象徴されるアメリカの「正義」がまやかしであり、イラク国民の自爆攻撃による「正義」こそが追いつめられた者の「正義」を体現するものだと思うが、確実に言えることは、その対立の場において日々人々の生命が失われ、脅かされていることである。そして、この「嘘でつくった町」である日本が、「まやかしの正義」を振りかざすアメリカ政府に追従している現実も、また確かにあることも忘れてはならないだろう。

# あとがき

この本の原稿を書き始めてすぐの一昨年暮れ、二人目の孫が生まれた。気持の上では六〇歳を間近に控えた年齢になったなどと決して思わないのであるが、改めて一つ一つの作品を読み、そこに描かれている「戦争」について考えていると、自ずと五三歳で亡くなった父親の戦争体験や新しく誕生した生命の未来について思いを寄せざるを得なかった。どのように理由を付けても、「戦争」は人の生命を奪い身体を傷付け、財産を奪う何ものでもなく、その酷薄さ、非人間性において類を見ないものである。

ところが、昨今のナショナリズムを前面に押し出した他国に対する言説や憲法九条の改正（改悪）を軸とした改憲論議を見ていると、六〇年前に終わったアジアの民衆を苦しめた戦争などあたかも無かったかのような、あるいは戦争することが「正義」であるかのような錯覚に陥らされる。例えば漫画家の小林よりのりは、その『戦争論』（九八年）や『戦争論2』（〇一年）等の著作において、先のアジア太平洋戦争は「悪」ではなく「聖戦」であった旨を主張し、「戦争に行きますか？　それとも日本人やめますか」などというナショナリズムを基底にした戦争肯定の論を展開し、若者たちを中心に一定の支持を得ているると豪語しているが、本当に「聖戦」などというものがあるのか、爆弾や砲弾の下で無辜の民が傷つき死ぬことを仕方がないこととして本当に認めるのか、と思わざるを得ない。確かに、見せかけの「平和」と「豊かさ」の中で人々の「閉塞感」が高まっているのも事実だろう。また、首相の靖国神社参拝や教科書問題に関する「外圧」に不快な思いを抱く人もいるだろう。しかし、だからといって、その閉塞感を戦争で打破しようなどと考えるのは、愚の骨頂であるし、人間の尊厳を無視した暴論・愚挙である。二度と戦争は起こさない。それが、先の大戦の敗戦から学び、「平和憲法」の下で再出発したこの国の人々の共通認識だったのではないか。

現在進行中のイラク戦争でもそうであるが、戦争で虫けらのように死んだり傷ついたりするのは、決して指導者やそれに追随する人たちではない。戦争で犠牲となるのは、いつでも名もない兵士であり、民衆である。それは、この本で取り上げた文学作品が如実に物語っている。日清・日露の戦争に始まって、アジア太平洋戦争を経、朝鮮戦争・ベトナム戦争・湾岸戦争・イラク戦争まで、日本の近・現代史は「戦争」によって血塗られている、と言っても過言ではない。

アジア太平洋戦争が敗北で終わってから六〇年、今一度自分が生まれ育った日本の近・現代史を血で染めた「戦争」について、戦争体験者も戦争を知らない世代も、共に立ち止まって考える必要があるだろう。本書がそのための一助になれば幸いである。特に、戦争の欠片《かけら》さえ知らない若い世代が本書を手に取ってくれれば、この本を著した甲斐があるというものである。是非、読んで欲しいと思う。

本書は、八朔社の依頼によって成ったものであり、同時に刊行される『原爆は文学にどう描かれてきたか』と対の関係にある。両書とも志の高い出版を続けている八朔社の尽力がなければ、「六〇年目の夏」を目前にした今日に刊行できなかったかも知れない。八朔社に深甚の感謝を捧げたい。

二〇〇五年五月

「永久平和」を願いつつ　著　者

黒古　一夫（くろこ　かずお）

1945年　群馬県安中市生まれ
1982年　法政大学大学院文学研究科博士課程修了
現　在　筑波大学大学院教授・文芸評論家
著　書　『北村透谷論――天空への渇望』（1979年，冬樹社）
『原爆とことば――原民喜から林京子まで』（1883年，三一書房）
『三浦綾子論――「愛」と「生きること」の意味』（1994年，小学館）
『作家はこのようにして生まれ，大きくなった――大江健三郎伝説』（2003年，河出書房新社）
『灰谷健次郎論――その「優しさ」と「文学」の陥穽』（2004年，河出書房新社）ほか
編　著　『日本の原爆文学』（全15巻，1983年，ほるぷ出版）
『日本の原爆記録』（全20巻，1991年，日本図書センター）
『林京子全集』（全８巻，2005年，日本図書センター）ほか

21世紀の若者たちへ　3
戦争は文学にどう描かれてきたか

2005年７月15日　第１刷発行

著　者　　黒　古　一　夫
発行者　　片　倉　和　夫

発行所　株式会社　八《はつ》　朔《さく》　社《しゃ》
東京都新宿区神楽坂２-19　銀鈴会館内
〒162-0825　振替口座00120-0-111135番
Tel.03(3235)1553　Fax.03(3235)5910


印刷・製本　藤原印刷

ISBN4-86014-102-4

# シリーズ　21世紀の若者たちへ——新しい社会のありようを考える

**既刊**

現代日本政治——「知力革命」の時代　五十嵐　仁著　一八〇〇円
食品の安全と企業倫理——消費者の権利を求めて　神山　美智子著　一五〇〇円

**続刊**

グローバリゼーションの空間編成　水岡　不二雄著
いま考える原子力発電　清水　修二著
現代の農業問題　加瀬　良明著
NGO活動とはなにか　川崎　哲著
日本国憲法　久保田　穣著
マスメディアと民主主義　塚本　三夫著
男女共同参画社会　後藤　宣代著
生命倫理と現代社会　田中　智彦著

＊価格は本体価格